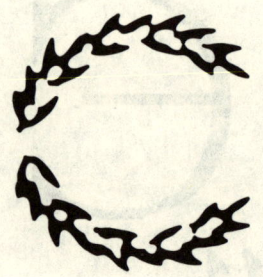

ERCOLANO

BRENDA LEE
E O PALÁCIO DAS PRINCESAS

TEXTO
FERNANDA MAIA

MÚSICA
RAFAEL MIRANDA

TÍTULO ORIGINAL *Brenda Lee e o palácio das princesas*

© Ercolano Editora, 2024
Esta publicação segue as normas do
Acordo Ortográfico da Língua Portuguesa,
Decreto nº 6.583, de 29 de setembro de 2008.

DIREÇÃO EDITORIAL
Régis Mikail
Roberto Borges

PREPARAÇÃO DE TEXTO
Helô Beraldo

REVISÃO DE TEXTO
Isabela Leite Silva
Gabriela Leite

ILUSTRAÇÃO DA CAPA
Laerte Késsimos

PROJETO GRÁFICO
Estúdio Margem

DIAGRAMAÇÃO
Nina Nunes
Joyce Kiesel

Todos os direitos reservados à Ercolano Editora Ltda. © 2024.
A reprodução não autorizada desta publicação, no todo ou em
parte, e em quaisquer meios impressos ou digitais, constitui
violação de direitos autorais (Lei nº 9.610/98).

AGRADECIMENTOS

Alexandre Utchitel, Beatriz Reingenheim, Carolina Pio Pedro, Daniela Senador, Júlio César Dória, Láiany Oliveira, Mariana Abreu, Mila Paes Leme Marques, Núcleo Experimental de Teatro, Vivian Tedeschi.

Esta edição é dedicada à memória da atriz Rafa Bebiano.

Realização

Este projeto foi contemplado pela 40ª Edição do Programa Municipal de Fomento ao Teatro da Cidade de São Paulo - Secretaria Municipal de Cultura

SUMÁRIO

8 APRESENTAÇÃO: VOCÊ NÃO DURARIA NEM AO MENOS DEZ MINUTOS ✳ FERNANDA MAIA

18 PREFÁCIO: O AMOR QUE EXISTE PARA AS TRAVESTIS ✳ AMARA MOIRA

✳

41 ATO I
87 ATO II
111 ATO III

APRESENTAÇÃO

VOCÊ NÃO DURARIA NEM AO MENOS DEZ MINUTOS

FERNANDA MAIA[1]

[1] Dramaturga, atriz, versionista e compositora brasileira. Foi agraciada com os prêmios Bibi Ferreira, Reverência, APCA e Shell por espetáculos adultos e infanto-juvenis. Esteve à frente na criação de espetáculos como *No Coração do Mundo, Urinal – O Musical, Sweeney Todd* e *Once*. É também fundadora do Núcleo Experimental de Teatro ao lado de Zé Henrique de Paula.

Certo dia, ao final de uma das apresentações de *Lembro todo dia de você,* o amigo Luiz Quesada foi me cumprimentar e me apresentar a uma amiga chamada Zuleica Mesquita, que tinha ido assistir à peça com ele e estava muito tocada. Simpaticíssima, ela me contou que havia trabalhado com pessoas com aids por um longo período em uma casa de apoio, que havia achado minha escrita sobre o tema bastante sensível e, então, me perguntou: "Minha filha, você já ouviu falar em Brenda Lee?". Respondi que conhecia a Casa de Apoio Brenda Lee só de ouvir falar, um amigo havia feito trabalho voluntário lá, mas não sabia muito sobre a pessoa que deu nome à casa. Zuleica, então, começou a contar as histórias mais bonitas e saborosas a respeito de Brenda Lee.

Testemunha ocular dos fatos que poucos conheciam ou tinham interesse em conhecer, Zuleica estava animada, entusiasmada. Num dado momento, com dedo em riste, Zuleica soltou: "Brenda é uma pessoa injustiçada no Brasil! Brenda merece que a história dela seja conhecida! Brenda também merece um musical e quem tem que escrever é você!". Há histórias que nos tiram o fôlego e foi exatamente o que aconteceu comigo naquele momento. Comecei a pesquisar sobre Brenda, mas encontrei pouco material – não por acaso, afinal, a história de pessoas como Brenda Lee (ou Caetana, como também era conhecida) em geral é apagada da história oficial.

Brenda Lee nasceu em 10 de janeiro de 1948 na cidade de Bodocó, em Pernambuco. Os pais, proprietários de uma pequena fazenda, tiveram vinte e cinco filhos. Sua mãe, após quarenta anos de casamento, mudou-se com ela e alguns de seus irmãos para o Rio de Janeiro, mas, quatro anos depois, o pai alegou que estava muito doente e pediu a ela que voltasse.

Brenda ficou no Rio com seus irmãos por algum tempo e, aos 13 anos, foi para São Paulo, onde teve várias ocupações para garantir sua sobrevivência: vendeu carnês para uma loja do interior, trabalhou como copeira na Santa Casa de Misericórdia, fez serviços domésticos, entre outras.

Numa entrevista, Brenda conta que se travestiu pela primeira vez aos 14 anos, num carnaval, e que foi a maior felicidade. Desde então, passou a usar roupas consideradas femininas nas horas de folga – já que no trabalho isso seria impensável para a época – e começou, assim, a fazer sua transição. Alguns anos depois, foi demitida de uma grande empresa onde trabalhava porque alguém a viu vestida com roupas tidas como femininas num carnaval. Sentindo o peso do preconceito nos lugares em que trabalhava, cansada de sempre ficar para trás, seguiu o conselho de algumas amigas que ganhavam a vida como prostitutas e "foi para a viração", expressão que se dava à prostituição.

NASCEU CAETANA, ERA CAETANA
DEPOIS TORNOU-SE BRENDA LEE

Brenda alugou um apartamento com algumas travestis. Ela trabalhava à noite e fazia o trabalho doméstico durante o dia. Com o passar do tempo, as amigas começaram a pagá-la para cuidar da casa, das roupas, para fazer o mercado. Quando alguma delas era presa, Brenda ia até a delegacia para brigar com os delegados. Aos poucos sua fama foi se espalhando e cada vez mais travestis queriam morar com ela. Nas décadas de 1980 e 1990, várias travestis se prostituíam na Europa e algumas faziam fortuna. Brenda quis tentar a vida no "Circuito Europa" e foi com uma amiga a Paris. Ela fazia ponto no *Bois de Boulogne* e teria ganhado muito dinheiro se não houvesse se envolvido num conflito com a polícia, o que custou sua deportação.

Chegando ao Brasil, voltou para a viração, alugou uma casa na avenida Brigadeiro Luiz Antônio, abriu um pensionato para travestis, passou a viver do aluguel pago por suas pensionistas e logo comprou um sobrado na rua Major Diogo, que ficou conhecido como "Palácio das Princesas". O apelido foi dado, primeiramente, de forma jocosa e pejorativa, mas Brenda devolveu a zombaria em forma de resistência e decidiu assumir o nome, registrando-o como propriedade de Pessoa Jurídica. No pensionato chegaram a morar cinquenta travestis, a grande maioria havia sido expulsa de casa, sofrido abusos de toda ordem dentro da própria família e, algumas delas, mesmo proibidas de voltar para seu lugar de origem, sustentavam suas famílias. Brenda Lee recebeu, acolheu, cuidou, deu comida, deu banho, lavou as roupas e, por várias vezes, cedeu a própria cama para suas "filhas" (como eram chamadas suas pensionistas).

A família, essa célula em que as pessoas ligadas pelo afeto e pelo pertencimento se protegem, não parece ser algo garantido por nascimento ou por laços de sangue, já que muitas pessoas encontram nela o ambiente mais violento, as ligações mais tóxicas e o tratamento mais hostil de suas vidas. Podemos entender, então, que a família também é um fruto de construção e de escolha. Para Brenda Lee e suas "filhas" aquela era sua casa e sua família.

> CONFIA, SE O AMOR NÃO VEIO LOGO
> SE NÃO VEM DE ONDE DEVIA
> ELE SEMPRE ACHA UM CAMINHO
> APARECE ONDE NÃO SE SABIA

Brenda nutria o sonho de reformar seu "palácio" com o desejo de as travestis terem ali um lugar confortável, seguro e até luxuoso para viver em comunidade – melhor dizendo, em família.

NÃO TENHO
MEU PALÁCIO DAS PRINCESAS
MAS QUERO AJUDAR MINHAS IRMÃS
JUNTAR OS NOSSOS NADAS,
JUNTAR AS NOSSAS DORES
E, NA PAZ, PODER CUIDAR

No fim dos anos 1980, a polícia realizava batidas frequentes, perseguindo e torturando as travestis, chamando fotógrafos e jornalistas para registrar as ações e publicá-las nos jornais sob o título "limpeza da cidade". Com a Operação Tarântula, a polícia tentava angariar a simpatia e o apoio da opinião pública. Brenda frequentemente ia até a delegacia para socorrer suas "filhas", procurava advogados que as pudessem defender dos desmandos da polícia e, nessa época, até ficou conhecida como a "delegada da noite".

Como se não bastasse a perseguição policial, uma doença desconhecida começava a ganhar a atenção das pessoas e a também ocupar as manchetes dos jornais. Embora existam registros de pacientes diagnosticados com aids desde 1980 no Hospital Emílio Ribas, em São Paulo, segundo o livro *Histórias da aids no Brasil*,[2] o primeiro caso brasileiro foi apresentado em 1983 pela dra. Valéria Petri, no Congresso Brasileiro de Dermatologia: um homem homossexual, recém-chegado dos Estados Unidos, onde a doença já era amplamente conhecida, estava com sarcoma de Kaposi.

A partir de então, cada vez mais casos de HIV/aids foram sendo diagnosticados e trazidos a pú-

---

2   Teodorescu, Lindinalva Laurindo; Teixeira, Paulo Roberto. *Histórias da aids no Brasil*: as respostas governamentais à epidemia de aids. Brasília, DF: Ministério da Saúde, 2015.

blico até que, no mesmo ano, a morte de Markito – estilista festejado pelas *socialites* e artistas – por causa da aids incitou a imprensa a fazer matérias sensacionalistas sobre o caso. Influenciados pelas matérias sensacionalistas da imprensa, que chamava a doença de "câncer *gay*" ou "peste *gay*", o poder público e os setores conservadores da sociedade se colocavam contra informar clara e diretamente a população sobre a causa da doença e os meios de contágio, alegando que isso poderia ofender as famílias e estimular os jovens a usarem drogas.

Se antes de haver a epidemia de aids as travestis já eram alvo de ações de tortura e extermínio por parte do Estado, nesse panorama a situação ficou muito pior: quando presas, elas eram torturadas nas delegacias. Por conta disso, muitas levavam uma lâmina escondida na boca e se cortavam quando eram abordadas pelos policiais, pois eles ignoravam os meios de contágio e achavam que poderiam contrair HIV tocando no sangue delas. Numas dessas operações de extermínio, eufemisticamente chamadas de "batidas policiais", um grupo de travestis recebeu tiros de metralhadora. Nesse grupo havia algumas moradoras da casa de Brenda, que não ficou calada e procurou um jornal para denunciar a matança. Um dos jornalistas lhe perguntou sobre a aids e Brenda, corajosamente, falou que se alguém estivesse com a doença, poderia ir até sua casa e lá seria cuidado sem nenhuma discriminação.

Não havia muitas informações sobre a aids, mas o que se sabia, ao certo, é que não tinha cura e, àquela época, nem tratamento adequado; ou seja, o diagnóstico de HIV/aids era uma sentença de morte. Mesmo assim, Brenda Lee começou a receber em sua casa as travestis que estavam doentes. Algumas chegavam da Itália com sintomas da nova doença e outras, que continuavam trabalhando nas ruas de São Paulo, também começavam a apresentar esses sintomas.

Acolher as travestis com aids significou um prejuízo financeiro enorme para Brenda, pois aquelas que tinham condições de trabalhar e pagar o aluguel da pensão foram embora da casa por temerem o contágio. As travestis que estavam doentes, debilitadas, não podiam trabalhar, não pagavam aluguel e, a despeito disso, tinham um teto, uma cama, boa comida e cuidados. Cada vez mais pessoas com o vírus HIV chegavam ao Palácio das Princesas, a casa foi ficando conhecida por isso e as dificuldades de mantê-la foram aumentando.

O personagem dr. Pedro, da peça *Brenda Lee e o Palácio das Princesas*, é uma junção entre as figuras dos médicos Paulo Roberto Teixeira e Jamal Suleiman. Agora, vou falar um pouco deles.

No início da década de 1980, o médico sanitarista Paulo Roberto Teixeira tinha pouco mais de 30 anos e era diretor da Divisão de Hansenologia e Dermatologia Sanitária da Secretaria da Saúde. Quando ele leu a entrevista de Brenda no jornal, entendeu a importância e a dimensão da luta da travesti, foi até sua casa e, como ela não estava, deixou um bilhete pedindo a ela que o procurasse.

Atendendo a seu pedido, Brenda entrou no prédio da Secretaria da Saúde altiva, determinada, um acontecimento na época! Dr. Paulo, então, propôs a ela que firmasse uma parceria com a Secretaria: ele garantiria uma verba para a manutenção da casa, treinamento, consultoria e assistência, e, em troca, ela receberia em sua casa as pacientes que não precisassem de internação hospitalar, apenas de cuidados. Como o ambulatório de aids do Hospital Emílio Ribas ainda estava em fase de criação, o dr. Jamal Suleiman, infectologista nesse mesmo hospital, ofereceu-se para ir até a casa de Brenda atender as doentes.

Brenda aceitou a proposta e foi assim que nasceu a Casa de Apoio Brenda Lee, uma das primeiras políticas públicas destinadas a travestis da América Latina (*e talvez do mundo!*), e a primeira política pública entre o poder público e uma travesti. Pode ser difícil para o olhar da terceira década do século XXI entender a ousadia que significou a criação desse programa na década de 1980, e é certo que tanto dr. Paulo quanto Brenda não previram que se tornariam referências no combate à epidemia de aids.

AGRADECIMENTOS

Agradeço ao dr. Jamal Suleiman por suas descrições vívidas, por seus relatos sobre o que aprendeu na Casa de Apoio Brenda Lee, lugar que, segundo ele, o transformou num médico e num ser humano melhor. Agradeço imensamente à sua disponibilidade em compartilhar suas histórias e, por que não dizer, ao seu contagiante entusiasmo e paixão pela vida. No meu trajeto de pesquisa também encontrei mais algumas pessoas admiráveis às quais preciso agradecer. Ubirajara de None Caputo, doutor em Psicologia Social pelo Instituto de Psicologia da Universidade de São Paulo (USP), um dos voluntários que trabalhou na Casa de Apoio e que atualmente escreve a primeira biografia de Brenda Lee. Zuleica Mesquita e Maria Asunción Fitor Ripoll Corazzina, duas voluntárias da Federação Espírita que me encheram de histórias bonitas, engraçadas, tristes, curiosas, não somente das muitas travestis que passaram pela casa, mas da amiga querida Brenda, com quem faziam supermercado, corriam atrás de doações, conferiam as contas, administravam a casa, discutiam os casos das pacientes, dividiam confidências, enfim, eram amigas. Ao querido amigo Luiz Quesada, que me apresentou Zuleica, o início de tudo.

VOCÊ NÃO DURARIA NEM AO MENOS DEZ MINUTOS SE ESTIVESSE EM MINHA PELE PELAS RUAS DA CIDADE

Quando decidi escrever esta história, me perguntei se seria legítimo, como pessoa cis, falar de transcestralidade, contar a história de uma travesti, mas ao longo do processo senti que tinha o dever de compartilhar com artistas transvestigêneres meu espaço dentro do teatro, minhas ferramentas, meus conhecimentos resultantes de décadas de estudo proporcionado por meus privilégios. Desde muito cedo, minha mãe me dizia: "Você teve oportunidades que outras pessoas não tiveram, é seu dever devolver isso para a sociedade". Assim aprendi.

Não é mais possível que a cisgeneridade se cale ante o fato de vivermos no país que mais mata transexuais e travestis no mundo. Não podemos mais nos alijar dos debates alegando que não é nosso lugar de fala. Realmente não é, mas é nosso lugar de responsabilidade.

Portanto, meu maior agradecimento vai às travestis que fizeram e fazem parte deste projeto, que me permitiram andar com elas e que me deram as mais bonitas lições de coragem, integridade, honestidade, alegria e resistência.

PREFÁCIO

O AMOR QUE EXISTE PARA AS TRAVESTIS

AMARA MOIRA[1]

---

1 Escritora, pesquisadora e ativista brasileira na promoção da visibilidade trans. Reconhecida por seu trabalho na área de estudos de gênero e diversidade sexual, é autora do livro *E Se Eu Fosse Puta* (2016).

Meu primeiro contato com Brenda Lee se deu através do documentário *Douleur d'amour* (1987), dos suíços Matthias Kälin e Pierre-Alain Meier. O filme promove um mergulho na vida trans/travesti paulista dos anos 1980, entrevistando alguns dos nomes mais importantes da comunidade T. Figuras como Andréa de Mayo, Claudia Wonder, Thelma Lipp, a própria Brenda, dentre outras, dão depoimentos reveladores sobre o que significava romper com os padrões de gênero e sexualidade num Brasil recém-saído da ditadura.

O período autoritário marcou um dos momentos mais brutais da história trans/travesti, quando a violência contra nossos corpos era profundamente naturalizada. Existir já era motivo para sermos presas, o que acabava sendo lucrativo para a polícia, pois, não havendo quem nos defendesse (éramos atacadas inclusive pelo nascente ativismo homossexual e feminista cis), o dinheiro que fazíamos na prostituição ia parar direto no bolso desses respeitáveis trabalhadores. Isso quando não éramos obrigadas a fazer faxina em delegacias e quartéis ou jogadas nas celas para sermos estupradas pelos outros presos.

Havíamos descoberto que a prostituição poderia viabilizar nossa existência, que o dinheiro conquistado com esse trabalho possibilitava que vivêssemos a nossa verdade, que assumíssemos nossa identidade, porém era um momento complicado para tal descoberta, uma vez que a emergência da comunidade trans/travesti no Brasil se deu próxima à deflagração do Golpe Civil-Militar de 1964. Demos a cara a tapa mesmo assim, nos tornando a parcela mais visada da população LGBTI+, a mais perseguida pelo Estado durante os anos de chumbo (perseguição que mesmo a historiografia progressista atual ainda tem dificuldade de reconhecer e visibilizar).

É curioso que a tal redemocratização do país não alterou significativamente a realidade que enfrentávamos, pois coincidiu com a eclosão da epidemia de HIV/aids. Estivesse a epidemia restrita à nossa população (junto a homossexuais, bissexuais e usuários de drogas), possivelmente ficaríamos abandonadas às moscas, mas não foi o caso. Nas palavras de um célebre médico, que tinha cadeira cativa nos grandes jornais nacionais para tratar do tema, "a ironia, o descaso e a irresponsabilidade de travestis e de homossexuais libertinos [...], lamentavelmente, também propiciam a contaminação de heterossexuais e de mulheres, podendo depois, estas, condicionarem a infecção de seus filhos".[2]

O título do texto de Amato tem que ver com o fato de o médico nos tratar como "vetores da doença" e achar estranho que exista, por parte do poder público, esforços de negociação com semelhantes mosquitos "semeadores da aids". Na sua cabeça, a brutalidade seria a única resposta possível para a existência de indivíduos "insistentemente contestadores da relevância do problema e demonstrativos de frieza quando cobrados a propósito dos maus hábitos que adotam".[3]

A reflexão é publicada cerca de um mês após o lançamento na capital paulista da famosa Operação Tarântula, que uma manchete da *Folha de S.Paulo* resumiu nos seguintes termos: "Polícia Civil 'combate' a aids prendendo travestis".[4] Polícia inventando, por livre iniciativa, ações de combate à aids? E essas ações envolviam, basicamente, a prisão de

2   Amato Neto, Vicente. Vamos dialogar com os mosquitos. *O Estado de S. Paulo*, 24 mar. 1987.

3   Idem, ibidem.

4   "Polícia Civil 'combate' a aids prendendo travestis". *Folha de S.Paulo*, 1 mar. 1987, 2º. Caderno, p. A-20.

travestis? Quero acreditar que só de batermos os olhos em semelhante manchete percebemos todos os absurdos que ela congrega, absurdos que motivaram até uma matéria irônica do *The New York Times* a respeito do suposto sucesso dessa contribuição policial "[...] *to Brazil's new* AIDS *prevention campaign*".[5]

Sim, a Ditadura Civil-Militar havia acabado, mas a perseguição sofrida pela população travesti seguia implacável. Grupos de extermínio passaram a se organizar para atacar travestis, e grandes veículos de imprensa, ainda assim, se sentiam no direito de fazer gracejos com a situação. Observemos, por exemplo, o que disse uma matéria da revista *Manchete* logo após noticiar o assassinato de dezesseis travestis no período de quatro meses em São Paulo: "Paralelamente ao trabalho da polícia, a comunidade *gay* arregaçou as plumas e resolveu se organizar, criando a Associação de Travestis de São Paulo".[6]

Fernanda Farias de Albuquerque relata em sua autobiografia, *A princesa*, que era comum os muros dos pontos da capital paulista, onde ela trabalhava no final dos anos 1980, aparecerem pichados com

---

5   "[...] à nova campanha de prevenção à aids no Brasil." (Tradução livre.) In: Riding, Alan. Brazil, Alarmed, Wars Against aids. *The New York Times*, 8 de mar. 1987. Disponível em: https://archive.nytimes.com/www.nytimes.com/library/national/science/aids/030887sci-aids-2.html. Acesso em: 24 jan. 2024.

6   Ungaretti, Gilberto. E Andréa vira homem. *Manchete*, 24 abr. 1993. (Grifo nosso.) Disponível em: https://memoria.bn.br/DocReader/docreader.aspx?bib=004120&pagfis=278553. Acesso em: 24 jan. 2024.

a frase "Limpe São Paulo, mate um travesti por noite".[7] Não era só "modo de dizer", era um desejo compartilhado por parte significativa da população, como se percebe no documentário *Temporada de caça* (1988), de Rita Moreira. Nele, pessoas são entrevistadas na rua a respeito dos recorrentes assassinatos de homossexuais e travestis e, mesmo diante de uma câmera, se sentem confortáveis para dizer que tais indivíduos tinham mesmo que morrer.

Foi nesse contexto que surgiu Brenda Lee, é nesse contexto que acontece o seu depoimento em *Douleur d'amour*. Num trecho longo do filme, ela apresenta e diz o que pensa sobre cada uma de suas "filhas", ou seja, sobre as travestis que a escolheram como "mãe", sobre as travestis para quem ela foi "mãe" (e coloco as palavras aqui entre aspas apenas para assinalar que os sentidos delas devem ser buscados não no português, mas no bajubá, a língua que criamos para nos comunicar dentro da comunidade).

Confesso que a primeira vez que assisti a essa cena, sem saber quem era Brenda Lee e nem que aquela figura era a Brenda Lee (pois isso não é dito expressamente), achei que tais declarações só poderiam ser falsas, ensaiadas. Como poderia alguém, mesmo uma travesti, falar de forma tão amorosa e generosa sobre outras travestis? Ela dizia um por um os nomes de todas as filhas, falava dos sonhos e das histórias de vida delas, e ainda projetava um futuro de conquistas para cada uma. Não era falso nem ensaiado, era Brenda Lee.

Chorei quando me dei conta disso e agora me emociono sempre que vejo a cena ou assisto às montagens da peça que ora se publica aqui. História que

---

[7] Albuquerque, Fernanda Farias de. *A princesa*. Rio de Janeiro: Nova Fronteira, 1995. p. 92.

se forjou a partir do abandono, mas também do amor, com Brenda transformando sua própria casa num espaço de acolhida para travestis vivendo com HIV/aids, tudo isso no momento mais dramático da epidemia. Eis como surge o Palácio das Princesas, eis como descobri que aquelas falas belíssimas do documentário eram verdadeiras.

Que essa obra, agora em formato de livro, sirva para trazer o nome de Brenda aos holofotes e para não nos esquecermos da travesti que nos ensinou que o amor também existe para nós, entre nós.

PARTITURAS

Escaneie o QR Code acima
para acessar gratuitamente
as partituras (piano e voz) de
*Brenda Lee e o palácio das
princesas* em formato digital.
Acesso também disponível
através do link:
www.ercolano.com.br/loja/
brenda-lee-e-o-palacio-
das-princesas/

BRENDA LEE

E O PALÁCIO DAS PRINCESAS

⟨ TEXTO
FERNANDA
MAIA ⟩ ✕ ⟨ MÚSICA
RAFAEL
MIRANDA ⟩

⟨ ESPETÁCULO MUSICAL EM
3 ATOS, 8 CENAS E UM PRÓLOGO ⟩

PERSONAGENS

BRENDA LEE
Ativista. Dona do Palácio das Princesas

CÍNTHIA
Estilista de sucesso, de origem rica, que se denomina transformista

ARIELA DEL MARE
Moradora da casa de Brenda

BLANCHE DE NIÈGE
Moradora da casa de Brenda

RAÍSSA
A moradora mais jovem da casa de Brenda

ISABELLE LA BETE
Moradora da casa de Brenda, seu braço direito

DR. PEDRO
Médico inspirado no Dr. Paulo Teixeira e no Dr. Jamal Suleiman, que trabalharam na casa de Brenda Lee

PRÓLOGO

REPÓRTER

(Em off.)
Caetana, você podia contar pra gente como se passa um dia aqui na sua casa?

BRENDA

Ai, o dia aqui na minha casa é uma coisa engraçada, né. Porque requer carinho, cuidados, muita mão de obra, tem horas que é muito agitado, tem horas que tá quase todo mundo dormindo, mas é um dia assim, de qualquer maneira, saudável. Todo mundo se vê, todo mundo se encontra, todo mundo tem histórias para contar, para ouvir, chega visitas, quer dizer, aqui é sempre assim... Eu tenho nessa casa aqui, uma espécie assim de um palco de teatro...

CÍNTHIA

Wilkomenn, welcome, bem-vindos, bem-vindas, bem-vindes respeitável público! Ou nem tão respeitável, o que na verdade é bem melhor! Começa a nossa festa gloriosa aqui na Boate Medieval, a casa mais elegante da noite de São Paulo! Uma luz no meio das trevas, como diria a Bertolda Brechta. Personalidades, socialites, artistas de renome nacional, internacional, astral e sexual presentes nesta noite de puro luxo e glamour! Eu me apresento: Cínthia Minelli de Roland Garros Grimaldi Vendome de Clermont, mas podem me chamar de *(pausa)* Cínthia Minelli de Roland Garros Grimaldi Vendome de Clermont. Eu sou sua mestre de cerimônias, o recurso tá repetitivo, tá batido, mas não encham meu saco porque foi o que deu. É o que tem pra hoje. Por enquanto, recebam, num número inspirado nos grandes musicais da minha cabeça *(Pausa)* e da Broadway... o elenco da Boate Medieval!!

ISABELLE

POP

BLANCHE

SEIS

ARIELA

SQUISH

RAÍSSA

AH, AH.

BRENDA

CÍCERO

CÍNTHIA

LIPSHITZ.

ISABELLE

POP

BLANCHE

SEIS

ARIELA

SQUISH

RAÍSSA

AH, AH.

BRENDA

CÍCERO.

CORO

NASCEU CAETANA, ERA CAETANA
DEPOIS TORNOU-SE BRENDA LEE
DEPOIS TORNOU-SE BRENDA LEE
LUTOU CAETANA, CUIDOU CAETANA
DAS EXILADAS, DAS CENSURADAS
ANJO DA GUARDA DAS TRAVESTIS

ISABELLE

Blanche de Niège é a garota mais linda das esquinas do centro de São Paulo. O pai abandonou a família quando ela era muito pequena, sua mãe a culpava e tentava matá-la colocando pequenas doses de veneno de rato na sua comida. Resolveu fugir de casa. Quem pagou a passagem para São Paulo foi Paloma Furacão, a Cafetina. Blanche conquistou o desejo de muitos homens que a tratavam como princesa e pagavam muito bem por sua companhia, mas ela não tinha muito tino para negócios...seu dinheiro parece que virava pó! Paloma Furacão, a Cafetina, inventava dívidas para aprisionar a bela. Blanche conheceu Caetana, que a tirou daquela prisão. Paloma Furacão, a Cafetina, jurou Blanche de Niège de morte, não descansa enquanto não receber seu coração dentro de uma caixa de bombons!

BLANCHE

(Pegando uma caixinha de onde salta um coração de papel)
Pop!

CORO

NASCEU CAETANA, ERA CAETANA
DEPOIS TORNOU-SE BRENDA LEE
DEPOIS TORNOU-SE BRENDA LEE
LUTOU CAETANA, CUIDOU CAETANA
DAS EXILADAS, DAS CENSURADAS
ANJO DA GUARDA DAS TRAVESTIS

RAÍSSA

Ariela del Mare tinha cinco irmãs mais velhas. O pai pastor queria um filho homem, sua mãe morreu no parto, mas o pai pastor só falava que Deus o havia abençoado com um varão! Ariela cantava na igreja, era a coisa que ela mais gostava na vida, sua voz era a mais pungente nos louvores ao Senhor. Mas quando o pai pastor a pegou com o vestido da irmã cantando uma música da Vanusa na escova de cabelo, ele urrou que tinha apenas cinco filhas. Ariela olhou para o pai pastor calmamente e disse:

ARIELA

Seis!

RAÍSSA

O pai pastor a espancou tanto que ela ficou uma semana em coma. Ariela tinha 13 anos. *(Pausa)* Viveu com a avó e teve alguns anos de paz, mas quando a velhinha morreu, caiu nas mãos de Paloma Furacão, a Cafetina. Junto com a amiga Blanche, foi parar na pensão da Caetana. Seu sonho era cantar em shows de boate, mas desde que levou a surra do pai, nunca mais conseguiu soltar a voz em público.

ARIELA

Ah ah!

> NASCEU CAETANA, ERA CAETANA
> DEPOIS TORNOU-SE BRENDA LEE
> DEPOIS TORNOU-SE BRENDA LEE
> LUTOU CAETANA, CUIDOU CAETANA
> DAS EXILADAS, DAS CENSURADAS
> ANJO DA GUARDA DASTRAVESTIS

BLANCHE

Raíssa não conheceu os pais, a madrinha a adotou para ter uma empregada. Nunca se incomodou com seus modos delicados e os cabelos compridos até a cintura, ela até gostava, dizia que Raíssa era a filha que ela nunca teve, lhe dava vestidos e penteava seus cabelos compridos até a cintura desde que... ela nunca, jamais, em tempo algum, ousasse sair de casa. Uma vizinha denunciou a madrinha, Raíssa foi resgatada pela polícia com seus cabelos compridos até a cintura. A madrinha foi presa por escravidão e cárcere privado. No dia seguinte, os guardas rasparam os cabelos de Raíssa, que perambulou sem destino, dormindo debaixo de marquises, até que foi acolhida por Caetana. Os cabelos cresceram mais fortes, transbordando todas as belezas que moram dentro da cabeça de Raíssa.

RAÍSSA
(Soltando o coque e deixando cair os cabelos compridos, como numa propaganda de shampoo)
Squishhh!!

> NASCEU CAETANA, ERA CAETANA
> DEPOIS TORNOU-SE BRENDA LEE
> DEPOIS TORNOU-SE BRENDA LEE
> LUTOU CAETANA, CUIDOU CAETANA
> DAS EXILADAS, DAS CENSURADAS
> ANJO DA GUARDA DAS TRAVESTIS

CÍNTHIA

Isabelle Labete não era quem a família queria que ela fosse e a família não queria que ela fosse quem era. Confuso? Um pouco? Resumo: a mãe chorou quando ela foi expulsa de casa pelo pai, mas ficou calada. Um senhor muito bom pra ela que lhe botou apartamento em troca de sua exclusividade. Quando não estava atendendo seu benfeitor, ela estudava. Curso de computação, secretariado, contabilidade, tudo por correspondência. Isabelle fez até um pé de meia e comprou uma casinha para mãe. O senhor muito bom pra ela descobriu que nas horas vagas ela atendia outros senhores. Sabe como é... para completar seu pé de meia. Tomado pelo ciúme, ele a jogou na rua. Isabelle foi pedir ajuda à família. A mãe chorou quando ela foi expulsa da casinha que ela própria havia comprado, mas ficou calada. Isabelle, com uma mão na frente e outra atrás, procurou uma tal de Caetana, que tinha uma pensão para travestis. Ela se tornou o braço direito de Caetana na casa porque...

ISABELLE

LIPSHITZ!

ARIELA

Que é isso?

ISABELLE

Não sei, a música é assim, me deixa.

NASCEU CAETANA, ERA CAETANA
DEPOIS TORNOU-SE BRENDA LEE
DEPOIS TORNOU-SE BRENDA LEE
LUTOU CAETANA, CUIDOU CAETANA
DAS EXILADAS, DAS CENSURADAS
ANJO DA GUARDA DAS TRAVESTIS

ARIELA

Cínthia Minelli! Nasceu rica, estudou nas melhores escolas, desde cedo revelou talento para as artes embora envergonhasse a família tradicional com seu jeito ... digamos... exótico.

Na juventude Cínthia desfrutava de uma vida de luxo e prazeres mundanos. Começou a se montar em festas de amigos, passou para os shows de boate. Se dizia uma artista transformista crossdresser. Aquilo foi a gota d'água para a família tradicional, os pais pediram que ela fosse embora e nunca mais colocasse os pés na cobertura de Higienópolis, nem no flat de Ipanema e muito menos na mansão de Campos do Jordão. Ela seria obrigada a viver somente com a casa da Oscar Freire, herança de vovó. Pensaram que ela voltaria arrependida, rastejando pelo perdão de mamãe e pelo cartão de crédito de papai, mas para a surpresa de todos, Cínthia foi viver dos shows nas boates. Em pouco tempo se tornou uma estilista disputada por beldades da society paulistana. Numa festa conheceu Caetana e a acusou de proteger vagabundas que manchavam a nobre arte do transformismo.

BRENDA

Vagabunda é o caralho!

ARIELA

Caetana acusou Cínthia de não assumir o que realmente era: travesti.

> NASCEU CAETANA, ERA CAETANA
> DEPOIS TORNOU-SE BRENDA LEE
> DEPOIS TORNOU-SE BRENDA LEE
> LUTOU CAETANA, CUIDOU CAETANA
> DAS EXILADAS, DAS CENSURADAS
> ANJO DA GUARDA DAS TRAVESTIS

BRENDA

Meu nome de batismo é... não interessa meu nome de batismo. Nasci em Pernambuco, aquele da Onça Caetana, que deu um salto enorme de dentro de mim e não teve como nem prender e olha que eu tentei. Quando eu era adolescente cheguei a deixar escrita uma carta de despedida. Se meu pai, minha mãe ou algum dos meus irmãos descobrisse que eu era um homossexual, eu me suicidaria, de tanta vergonha que eu tinha. Mas na vida a gente tem que fazer o que tem vontade, principalmente aquilo que mexe com o sangue da gente. Então o que eu fiz? Fugi e fui ver a realidade de perto. Hoje eu estou aqui pra encarar qualquer tipo de vida.

A RUA É MUNDO CÃO, É FACA E NAVALHA,
É A CARA DA MORTE A TODO MOMENTO
VACILO OU PASSO EM FALSO,
UM ERRO NO PONTO
UMA FALHA RETALHA
UM REMATE SANGRENTO.

NA RUA NÃO TEM PAZ, PRA MIM OU PRA MANA
A POLÍCIA, O CLIENTE, O TRAFICA, O OCÓ
EU VIVO NUMA SELVA URBANA, INSANA
É A CIDADE INTEIRA QUE QUER ME MATAR

MAS COM MINHAS FILHAS NINGUÉM MEXE

CORO

VOCÊ NÃO DURARIA
NEM AO MENOS DEZ MINUTOS
SE ESTIVESSE EM MINHA PELE
PELAS RUAS DA CIDADE
VOCÊ NÃO DURARIA
VOCÊ NÃO DURARIA

BRENDA
A RUA É MUNDO CÃO, É FACA E NAVALHA,
A POLÍCIA, O CLIENTE, O TRAFICA, O OCÓ
VACILO OU PASSO EM FALSO,
UM ERRO NO PONTO
É A CIDADE INTEIRA QUE QUER ME MATAR

MAS COM MINHAS FILHAS NINGUÉM MEXE

CORO
VOCÊ NÃO DURARIA
NEM AO MENOS DEZ MINUTOS
SE ESTIVESSE EM MINHA PELE
PELAS RUAS DA CIDADE

ATO

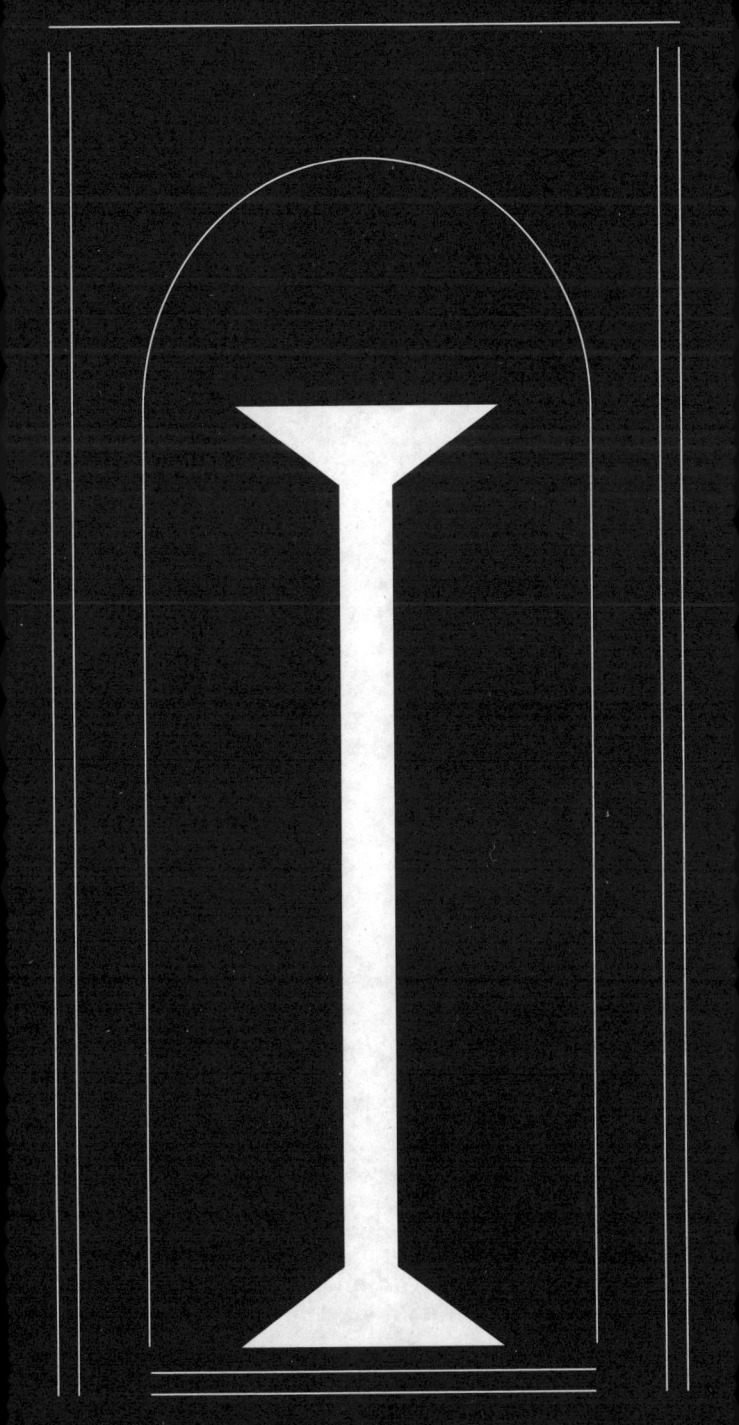

I

CENA I

(Casa de Brenda, uma casa simples com móveis simples que não combinam muito entre si, mas alguns acessórios revelam um cuidado afetuoso e familiar. Raíssa está tentando pendurar uma cortina na janela. Blanche não segura a escada direito, Raíssa quase cai. Ariela, munida de um walkman, *ouve aulas de um curso de italiano em fita cassete comprado em banca de jornal, esses fascículos eram muito populares nos anos 80. Brenda e Isabelle estão à mesa fazendo contas.)*

RAÍSSA

Segura essa escada, mona! Se eu cair, vai ser em cima de você!

BLANCHE

Não sou serviços gerais não. Vai se estabacar feito jaca. *(largando a escada)* A pele já tá igual.

ARIELA

Mi chiamo Ariela.

RAÍSSA

Caetana, olha a Blanche! Em vez de ajudar, atrapalha.

ARIELA

Io sono una ragazza.

BLANCHE

Pra quê colocar cortina aí? Nem bate sol.

RAÍSSA

Pra ficar mais bonito, ora!

BRENDA

Sem gritaria, tô aqui concentrada nas conta com Isabelle. O que é esse aqui?

ISABELLE

Conserto da máquina de lavar.

ARIELA

Voi siete donne.

BRENDA

Não tem como pagar. Dinheiro agora é para a reforma. Depois que acabar aí pode ser.

BLANCHE

(Referindo-se a Ariela)
Agora só vive agarrada nessas fita de curso de italiano.

ARIELA

Que foi?

BLANCHE

Se Paloma sabe que você vai pra Europa, vai atrás e te pega na porta do avião.

BRENDA

(Para Blanche e Ariela)
Não sei o que vocês ainda quer com ela. Essa cafetina traz os viado novinho prometendo mil maravilhas, quando chegam dão de cara com o mundo cão e ela não quer nem saber, não dá uma orientação, não ensina a lei da rua. Não fala: olha, minha filha, essa região aqui você pode ir, nessa você não vai porque é das outras. Aí vou eu socorrer Blanche e Ariela, apanhando na rua porque Paloma não cuida das filhas dela. Vê se com filha minha alguém mexe! Alguém se meteu com vocês depois que vieram pra cá?

BLANCHE

Não tô fazendo desfeita não, é que a gente ainda tá devendo.

ARIELA

Mas pelas conta dela, a gente vai dever pro resto da vida.

BLANCHE

Ela pagou meu peito.

ARIELA

Ela obrigou você a botar peito, é diferente! *(Para as outras)* Disse que cliente não pega tábua e pagou a Jéssica Dolly Parton pra bombar a Blanche.

ISABELLE

Jéssica é açougueira! Bomba de qualquer jeito, aquilo infecciona, e fica uma desgraça. Conheci uma que morreu na mão dela.

BRENDA

Fora que compra o copo de silicone a cinco cruzeiros e vende a cinquenta.

ISABELLE

Ela quebra o copo.

RAÍSSA

Como assim quebra o copo?

ISABELLE

Ela fala que vai colocar cinco copo em você e só coloca quatro. Na hora cê tá bem louca com a dor e nem percebe. Aí depois ela vende o que sobrou pra outra ou coloca nela mesma, só que foi você que pagou.

RAÍSSA

Dói muito?

BLANCHE

Pra caralho!

RAÍSSA

Até com anestesia?

BLANCHE

Anestesia é só na pele, mulher, lá dentro é um tolete de agulha dessa grossura, silicone industrial entra e parece que vai rasgando a gente por dentro. Afff... não gosto nem de lembrar!

RAÍSSA

Verdade que é agulha de dar injeção em cavalo?

BLANCHE

É.

ISABELLE

Ela bombou a cara da Keyla, o silicone desceu, ficou deformada.

BRENDA

Não, minha filha, ali foi diferente. Foi porrada da polícia, bateram pra deixar a Keyla deformada. Jéssica faz muita cagada, mas não daquele jeito.

ARIELA

Sabe quando Jéssica acertou? Nos peito da Blanche. Ficou lindo! Paloma morre de inveja.

BLANCHE

Eu não terminei de pagar. Paloma disse que vai me matar.

BRENDA

Ela não tem coragem. Ela sabe que se encostar um dedo em filha minha, eu baixo naquele puteiro e risco ela na faca. Se é pela dívida dos peito, ela cobrou de você o dobro que ela pagou. Fique tranquila e guarde seu aqué. *(Brenda volta para as contas)* Onde a gente tava mesmo?

ISABELLE

Na conta de telefone. Esse interurbano é meu. *(Pega o dinheiro para pagar)*

ARIELA

Tem dois meus pra Itália. *(Pega o dinheiro e vai pagar. Cada uma acerta a sua parte na conta de telefone.)*

RAÍSSA

(Para Blanche)
Eu sou louca pra bombar, mas tenho medo

BRENDA

Tem que fazer plástica no médico, direitinho.

RAÍSSA

Eu não tenho dinheiro pra isso.

BLANCHE

Você devia ir pra pista com a gente, Raíssa. Fica naquele salão varrendo chão e fazendo cafezinho, eles não deixam você encostar nos picumã das madame.

RAÍSSA

A dona vai me ensinar, aí eu vou ganhar a minha promoção.

BLANCHE

(Para Raíssa)
Lá eles te tratam feito lixo.

RAÍSSA

E na rua tu é princesa, por acaso?

BLANCHE

Rainha, queridinha. Na rua eu sou linda! Na rua eles me amam!

ARIELA

É verdade. Tem cliente que paga só pra ver ela tirar a roupa, se tivesse cabeça e não gastasse tudo em bofe e padê, tava rica. *(Para Raíssa)* Você devia dar uma pinta com a gente.

RAÍSSA

Não quero. Me deixa. Eu quero trabalhar com cabelo.

BRENDA

Na casa da Brigadeiro Luís Antonio, tinha até salão de cabeleireiro. Era tão bonita, toda rosada, mas era alugada, essa eu comprei. Quando eu reformar, boto um salão e você vai ser a chefe.

RAÍSSA

Jura?

ARIELA

Eu não vou estar aqui para ver. Vou estar ganhando dinheiro na Itália.

BLANCHE

Eu vou estar casada com um bofe escândalo! E você, Isabelle? Vai pra Paris?

ISABELLE

Vou ficar aqui mesmo.

RAÍSSA

Trabalhar em Paris é bom, Brenda?

BRENDA

É difícil, mas é melhor que aqui.

RAÍSSA
(Para Brenda)
Se eu perguntar uma coisa você fica brava?

ISABELLE

Não acredito ...

BLANCHE

Raíssa, mulher, tu cala tua boca!

ARIELA

Ai que vergonha!

BRENDA

Deixa ela falar, ora! O que foi?

RAÍSSA

É que me contaram... não vou dizer quem foi... contaram que você foi deportada.

(Pausa, um silêncio de desconforto, ninguém sabe como Brenda vai reagir, ela reage com um mau humor divertido, mais fazendo piada do que repreendendo as meninas)

BRENDA

Mas é tudo boca de caçapa, né. Seus bando de língua de trapo, tá bom, eu conto! Primeiro que não fui só eu que fui deportada. Toda semana tinha um monte mandada embora de lá.

RAÍSSA

Falei que ela não ficava brava.

ARIELA

Essa não tem semancol!

BRENDA

Teve uma batida. Lá os guarda não chegavam arregaçando como esses polícia daqui, mas de vez em quando baixavam o cassetete.

RAÍSSA

Como é que chama os alibã lá? Le guardê?

BLANCHE

Le policiê?

ARIELA

Lezomê?

BRENDA

Lá chama gendarme! O tal do gendarme invocou comigo e veio pra cima de mim. E era gendarme daqui, gendarme de lá, uma confusão de gendarme. Na hora do vuco vuco eu peguei um pedaço de pau pra me defender e não vi que tinha um prego. Resultado: machuquei o gendarme!

ARIELA

Jesus! Foi pro xilindrê?

BRENDA

Fui pro xilindrê e depois fui deportê, minha filha. Se fosse aqui, me matavam, sumiam com o corpo e nunca mais ninguém via.

ISABELLE

Credo, não fala uma coisa dessa! Não gosto nem de pensar!

BRENDA

Mas graças a Deus e Nossa Senhora Aparecida eu voltei, botei minha casa, é simples, mas é minha, comprei com o meu dinheiro, não foi explorando as outras como Paloma.

ARIELA

Se eu estivesse lá não tinha conseguido juntar pra ir pra Itália. Só o que ela cobrava de multa. Piscou, pagava multa. Uma vez Paloma me deu um tapa e uma multa de cinquenta cruzeiros porque eu esqueci um copo sujo na pia. Até hoje tenho pesadelo com aquela cara enorme engordurada parecendo uma pizza vindo pra cima de mim!

ISABELLE

Caetana, todo mundo sabe que nas outras casa se a gente não pagar a diária nem entrar a gente entra, tem que dormir na rua.

BLANCHE

Todo mundo sabe que aqui na sua casa, se a gente ganhar dinheiro a gente janta e se não ganhar, a gente janta também.

ARIELA

Já é sabido que na casa de Caetana não se explora ninguém. Você cuida. Você é mãe da gente.

REPÓRTER

(Em off)
Brenda, como está o projeto de reforma?

BRENDA

O projeto da reforma? É uma mão de obra até pra falar, né? Realmente o negócio é um pouco difícil, né... de bolar, de organizar, economicamente, mas mesmo assim a gente vai fazendo aos poucos, né. Porque isso aqui, realmente, quando eu comprei, era uma casa assim, muito antiga, né... e não tinha nenhuma possibilidade de ninguém residir como quase até hoje ainda não há, né. A gente está simplesmente sobrevivendo aqui. Agora, saiu uma reportagem assim de péssimo gosto e eu fiquei um pouco magoada, que inclusive saiu em um jornal que eu me recusei a dar uma entrevista, dizendo que aqui era o Palácio das Bruxas. Isso me inspirou a criar o Palácio das Princesas, foi até bom esse insulto, né. Porque vai ser uma coisa ótima, aqui vai ser como se fosse o patrimônio de travestis. Inclusive eu já fiz questão de registrar na Prefeitura como futuro Palácio das Princesas. Vai ficar muito bonito e vai chamar muita atenção.

COM CORTINA NA JANELA
E TAPETE NO CHÃO.
QUARTO ROSA CONFORTÁVEL
AMARELO NA FACHADA
REFLETINDO A LUZ DO SOL

NO QUINTAL TEM MUITO VERDE
MUITA PLANTA, MUITA FLOR
CORREDOR COR DE LARANJA
E VERMELHO NA COZINHA
QUE É LUGAR DE CONVERSAR

UM SOFÁ AZUL MARINHO
OUTRO AZUL NO ATELIÊ
ORATÓRIO EM VIOLETA
A SANTINHA APARECIDA
VAI OLHAR POR TODAS NÓS

EU QUERO O MEU PALÁCIO DAS PRINCESAS
EU QUERO PROTEGER MINHAS IRMÃS
JUNTAR OS NOSSOS NADAS,
JUNTAR AS NOSSAS DORES
E VIVER AQUI EM PAZ

CENA II

(Raíssa penteia uma peruca em Ariela, Isabelle faz anotações num caderno, Blanche termina de fazer as unhas)

BLANCHE

Tudo certo pra hoje?

ARIELA

Certíssimo!

ISABELLE

Samantha que arranjou o programa?

ARIELA

É coisa boa, especial. Despedida de solteiro, gente da alta. Pediram 5 meninas e tem que caprichar no visu, viu?

ISABELLE

Nhaí, o noivo é bofe escândalo?

BLANCHE

Capaz de botar sua calcinha.

ISABELLE

Aff...

BLANCHE

Não interessa, vamos aquendar o ocó que o ocó é do aqué. Tá tudo combinado, é nós três, mais a Samantha e a Luciana. Eles ficaram de passar às onze lá no ponto pra pegar a gente. Vai ou não vai?

ISABELLE

Vou! Deu um vazamento na casa da minha mãe e eu preciso mandar dinheiro.

RAÍSSA
Seu pai não conserta?

ISABELLE
Se depender daquele traste a casa cai. Aff, não tenho nem roupa, tô pelada!

ARIELA
A gente faz um cata, te empresto uma blusinha, mas devolve depois, hein!

ISABELLE
(Para Blanche)
Me empresta a minissaia de couro?

BLANCHE
Nem morta. No máximo a preta de babado.

ISABELLE
Grossa!

BLANCHE
Vou tomar meu banho e fazer minha chuca maravilhosa.

ARIELA
Ali é tudo passiva, faz um cara-pé-cu e tá ótimo!.

BLANCHE
Tá bouah. Se não for pra ir preparada eu não ponho o pé na rua, meu bem.

ARIELA
Vai encontrar com o vício depois do atendimento, né.

RAÍSSA
É Floriano, ela tá apaixonada.

ISABELLE

Mona, esse ocó é do mal!

BLANCHE

Não fala assim do meu homem.

ISABELLE

É chave de cadeia. Não vou com a cara.

BLANCHE

Não precisa, queridinha, não é você que ele quer.

ARIELA

Ela sonha com um romance desses de novela.

BLANCHE

E o que tem? Não posso?

ISABELLE

Tá achando que ele vai te assumir.

BLANCHE

Ele vai ficar comigo, sim.

ISABELLE

Iludida.

BLANCHE

Vai me assumir, a gente vai morar junto, vamos ter dois filhos, Fábio e Patrícia e eu vou rir da sua cara que eu vou quebrar agora.

ARIELA

Vai quebrar nada. *(Para Isabelle)* Vem se arrumar que eu te empresto uma blusinha.

(As três vão para a viração. O número abaixo retrata a prostituição nas ruas)

CÍNTHIA

Senhoras e senhores, viva a sedução! A boate Medieval agora apresenta um magnífico número inspirado numa das mais belas coreografias de Bob Fosse.

CENA III

ARIELA
(Na sala estudando italiano)
Vente lire, il pompino! Cinquanta il servizio completo.

BRENDA
Tenho uma coisa aqui pra você.

ARIELA
O que é?

BRENDA
Chegou seu passaporte.

ARIELA
Não acredito!!! *(Desfilando com seu passaporte na mão)* Voo para Roma? É o meu, com licença. Nunca vou esquecer o quanto você tá me ajudando.

BRENDA
O passaporte está aí. E a passagem ida e volta?

ARIELA
Só ida! Eu não vou voltar!

BRENDA
Mulher, precisa ter ida e volta senão eles não deixam você entrar no país.

ARIELA
O dobro? Caralho! *(Começa a chorar)*

BRENDA

Não precisa chorar. Quem chegou até aqui consegue o resto.

ARIELA

Eu vou te contar um segredo. Não estou indo só pra trabalhar, vou realizar um sonho. Sabe aqueles interurbano pra Itália? Era para o médico. Vou me operar.

BRENDA

Eu não sabia que você queria operar.

ARIELA

Tenho até consulta marcada. Se eu ainda tenho que juntar o dobro, não vou conseguir chegar lá no dia.

BRENDA

Ariela, você está indo pra Europa, mas não pode ir iludida. Não dá pra chegar e ir fazendo logo a cirurgia.

ARIELA

Não?

BRENDA

Onde que você tá com a cabeça, minha filha? Médico que fala no telefone que vai te operar sendo que nunca nem olhou na sua cara? Não é só no Brasil que tem picareta não, viu? Tem um monte de exame pra fazer! Tem que ver qual é o hospital, tem que ter alguém com quem contar. Quem é que vai cuidar de você? Tem que achar as amiga primeiro. Hoje em dia as amiga se ajuda. No meu tempo de Paris não era assim, a gente tinha que enterrar o dinheiro da viração, se levasse pra pensão, as bicha roubavam.

ARIELA

Mas dá pra ganhar muito dinheiro, não dá? As mona volta da Itália forrada de marca, é óculos, bolsa, sapato, casaco!

BRENDA

Tem que fazer sua clientela. De cliente brasileiro você corre, tudo pobre, tem que focar nos fino: espanhol, suíço, italiano. Juntou um dinheiro? Compra um apartamento aqui no Brasil põe pra alugar, já é uma renda.

ARIELA

Assim que você comprou essa casa?

BRENDA

Foi. Abri um negócio por aqui, fui aplicando.

ARIELA

Sabe o que eu quero mesmo? Morar num lugar onde eu posso andar olhando pra frente. Que nem essas mulher de propaganda de moddess, sabe? *(Levanta-se e caminha para frente com confiança)* Olhando para frente, apreciando as paisagem.

BRENDA

E como é que você anda, criatura?

ARIELA

Olhando pra baixo, desviando da pedrada, de xingo, olhando pra trás pra ver se não tem ninguém me seguindo, se vem moto com ocó armado. Nunca na minha vida eu pude andar na rua olhando pra frente, como tem que ser. As menina aqui se viram bem na gillete, eu sou cagona, aguentei até agora porque as do mal não mexe com filha de Caetana, só que tá foda, a polícia tá barbarizando demais. Outro dia tava escrito no muro assim: Limpe São Paulo, mate um travesti por noite. Me deu um negócio!

BRENDA

Tá duro, eu sei. Mas lá fora ninguém vai te receber igual princesa não, viu? A diferença é que a polícia lá não tortura. Eu te empresto o que falta.

ARIELA

Me emprestar? Mas...

BRENDA

Você vai pra lá e depois me paga. Ganha seu dinheiro, se opera, depois vem passar férias desfilando seus Versace e seus Armani na cara do povo. Mas compra no camelô que é tudo igual.

ARIELA

Você acha que se eu me operar tem chance do meu pai me aceitar?

BRENDA

É por isso que você quer se operar?

ARIELA

Você comprou casa, saiu da viração. Sua família nunca...

BRENDA

Minha mãe teve câncer, eu pedi pro meu pai e meus irmãos pra cuidar dela. Não deixaram. Eles me avisaram que ela morreu uma semana depois do enterro, pra não correr o risco de eu aparecer por lá e fazer eles passar vergonha. Pra eles a gente nunca vai ser gente.

ARIELA

Queria que o meu pai me visse como uma pessoa de bem, sem preconceito, sem jogar coisa na cara. Porque ele joga coisa na cara e faz doer dentro da gente. Me visse como uma pessoa normal ou então me visse como se fosse uma das irmã. Como se eu fosse uma substituta da minha irmã morta. Minha filha, agora você é substituta da sua irmã. E me visse como uma mulher.

BRENDA

Difícil. Mas não desanime, eu vou bater um fio pra Natasha Simonini, muito minha amiga. A Katusha é outra, tá me devendo favor, capaz até de te receber na casa dela. Ah, mais uma coisa. Longe de droga, viu? As meninas estão voltando da Europa acabada de heroína. Se eu souber que a senhorita está na droga...

ARIELA

Deus me livre! Não quero voltar!

BRENDA

Vai com Deus, minha filha, mas se precisar, não esquece de uma coisa: enquanto eu tiver casa, você também tem. Enquanto eu tiver comida, você também tem.

(Ariela abraça Brenda. Ariela vai embora e as meninas ficam.)

REPÓRTER

(Em off)
Brenda, como foi a vida de travesti?

BRENDA

A vida de travesti de rua foi um pouco difícil no início, né. Porque eu era super vergonhosa pra ficar numa esquina, eu não tinha coragem de cobrar, eu nem acreditava que os homens pagava mesmo. Quando a polícia começou a perseguir a gente e prender, pôr em cana, torturar, aí eu comecei a sentir que eu tinha que mudar completamente a minha, sei lá, a minha ingenuosidade. *(As meninas se preparam para a viração, mas no lugar de Ariela, chega Raíssa.)*

RAÍSSA

Posso ir com vocês hoje?

BLANCHE

Uai, dizia que não queria ir pra pista.

ISABELLE

Que aconteceu?

RAÍSSA

Me mandaram embora do salão.

BLANCHE

Falei que eles...

ISABELLE

Cala a boca! *(Para Raíssa)* Pode vir. Mas não desgruda da gente. Se você pisar no ponto das outra, elas te arrebentam.

A RUA É CRUEL, É SINA
O PERIGO TE ESPERA A CADA ESQUINA
A POLÍCIA CHACINA, PURA SANHA ASSASSINA
A CAFETINA ENSINA E SOFRER VIRA ROTINA

O CLIENTE TE QUER, MENINA.
NA CALADA DA NOITE, É FETICHE E RUÍNA
TENTAÇÃO, EXCITAÇÃO, TESÃO NA SURDINA
O CLIENTE PAGA MAIS
PRA METER SEM CAMISINHA

MAS DEPOIS QUE ELE GOZOU
VOCÊ VIROU LATRINA.
COCAÍNA, URINA, VASELINA, FEDENTINA
BAILARINA, CONCUBINA,
DANÇARINA LIBERTINA.
PURPURINA, HEROÍNA,
FANTASIA CLANDESTINA DISCRIMINA

VOCÊ NÃO DURARIA
NEM AO MENOS DEZ MINUTOS
SE ANDASSE EM MINHA PELE
PELAS RUAS DA CIDADE

FAMÍLIA DE BEM, CRETINA
DE MORAL E DISCIPLINA CRISTALINA
O SEU FILHO ME FERE,
ME AGRIDE E ME AZUCRINA
É VOCÊ QUEM ME MALTRATA,
PERSEGUE E RECRIMINA

SURGIU UMA DOENÇA QUE MATA
E QUE DOMINA, DISSEMINA, CONTAMINA,
DISCRIMINA, EXTERMINA, REPENTINA
PEREGRINA REDUZ A HEMOGLOBINA
ACORDO COM PROPINA
ONDE ESTÁ MINHA VACINA?

VOCÊ NÃO DURARIA
NEM AO MENOS DEZ MINUTOS
SE ANDASSE EM MINHA PELE
PELAS RUAS DA CIDADE

(Rajada de metralhadora.)

BRENDA

Um comando de procedência desconhecida estava metralhando travestis aqui em São Paulo. Eles atingiram doze travestis, cinco moravam comigo. Uma morreu, uma ficou inválida e outras três foram atingidas superficialmente.

CENA IV

(No Hospital. Blanche, Raíssa e Isabelle estão com as roupas sujas de sangue. Brenda entra, elas olham como se perguntassem alguma coisa. Brenda sacode a cabeça num sinal negativo)

BRENDA
Não deu pra salvar.

BLANCHE
Coitada da Samantha.

BRENDA
Ela não estava com vocês?

ISABELLE
Foi tão rápido, nem deu pra ver direito. A gente ouviu o barulho e nem pensou, só correu.

RAÍSSA
Isabelle me puxou, se não fosse ela quem ia estar morta era eu.

ISABELLE
A gente se escondeu no banheiro do bar, só saiu depois que o barulho passou. Aí a gente viu a Luciana caída de um lado e a Samantha do outro, as duas numa poça de sangue, Samantha estava sem a peruca.

BLANCHE
Pegaram a peruca dela! Em vez de prestar um socorro, as mona pegaram a peruca dela!

ISABELLE

A gente é uma mercadoria gasta mesmo.

BLANCHE

A gente não tava... não tinha droga... tava só parada na esquina.

BRENDA

Desgraça desse Richetti!

ISABELLE

Esse delegado é um monstro.

BLANCHE

Eu não tava com droga, eu juro!

ISABELLE

A gente põe o pé na rua e não sabe se volta viva!

RAÍSSA

O que o médico falou da Luciana?

BRENDA

Que ela não vai mais andar.

ISABELLE

Certa tava Ariela que foi embora.

(Brenda pega a bolsa para sair)

RAÍSSA

Onde você vai?

BRENDA

Fazer o enterro da Samantha.

BLANCHE

E a família dela?

BRENDA

Liguei, disseram que não têm nada a ver com isso não.

ISABELLE

Vai enterrar onde?

BRENDA

Comprei um jazigo. Não vou deixar Samantha ser enterrada em vala comum, onde já se viu?

ISABELLE

Não é um negócio caro? E o Palácio?

(Brenda abaixa a cabeça e não responde,)

BRENDA

Eu vou fazer um escândalo! Isso não fica barato. *(A pulsação da música entra. Brenda, fala para a plateia.)* Chamei jornalistas aqui hoje para denunciar o assassinato de travestis nas ruas de São Paulo.

CORO

VOCÊ NÃO DURARIA
NEM AO MENOS DEZ MINUTOS
SE ANDASSE EM MINHA PELE
PELAS RUAS DA CIDADE

REPÓRTER

Quem mata?

BRENDA

A polícia.

REPÓRTER

A polícia está aí para proteger os cidadãos.

BRENDA

A polícia nos persegue, nos tortura e nos mata. Vocês são coniventes.

REPÓRTER

O jornalismo é imparcial.

BRENDA

As palavras nem sempre são.

REPÓRTER

Travesti agride homem e leva 50 cruzeiros.

BRENDA

Travesti é sempre travesti. Pra vocês a palavra é ofensa. Travesti também vira "agressor".

CORO

Pra vocês, travesti é agressor.

REPÓRTER

O agressor adentrou o veículo da vítima e extorquiu o dinheiro sob pretexto de programa feito.

BRENDA

"Exigir" se transforma em extorquir. Motivo virou "pretexto".

CORO

TRAVESTI É SEMPRE TRAVESTI, NUNCA VÍTIMA.

BRENDA

Vítima. Pra vocês são os rapazes inocentes, os homens de família, cidadãos de boa índole que vêm atrás da gente.

REPÓRTER

Travesti espanca motorista e diz que sofreu preconceito.

CORO

TRAVESTI É SEMPRE TRAVESTI.

BRENDA

Travesti e a palavra vira insulto. "Travesti se defende de agressor" se transforma em "travesti espanca motorista". "Agredida" vira "diz que sofreu". E a marginal no final sou sempre eu.

REPÓRTER

Travesti arruma confusão com taxista.

CORO

TRAVESTI É SEMPRE TRAVESTI.

BRENDA

A palavra num instante é xingamento. Se protege, logo vira "arruma confusão". E a marginal no final sou sempre eu. A vítima é taxista, homem, rapaz, motorista, transeunte, ou alguém que passava por caso. Travesti é sempre travesti, nunca vítima.

CORO

TRAVESTI É SEMPRE TRAVESTI.

BRENDA

Travesti não é ofensa, insulto ou xingamento. Travesti sou eu!

CORO

TRAVESTI SOU EU.

REPÓRTER

E o que você vai fazer com a moradora que ficou inválida, vai mandar pra família?

BRENDA

Não é da vontade dela e eu também não sei se a família ia aceitar. Então aqui nós somos uma comunidade, tudo o que tiver vai ser dividido irmãmente.

REPÓRTER

Brenda, e se aparecer travesti aqui com aids?

BRENDA

Aproveito pra dizer que se tiver alguém com aids, pode vir aqui pra casa que a gente cuida sem nenhuma discriminação.

CORO

TRAVESTI SOU EU.

BRENDA

O mundo, senhoras e senhores, é dividido entre fortes e fracos. Os fracos também recebem o nome de opressores.

CENA V

(Na casa, Isabelle está terminando de escrever uma carta.)

ISABELLE

(Para Brenda)
Como é que vai ser com a Cínthia? A gente come arroz com ovo dando graças a Deus, mas ela tá acostumada com coisa boa.

BRENDA
Vai comer o que a gente come.

RAÍSSA
Podia ter arrumado uma enfermeira, não ganhou um monte de dinheiro?

BRENDA
Torrou muito também.

RAÍSSA
Cada roupa linda que ela faz, sai na revista.

BRENDA
Ela está doente e não pode trabalhar, perdeu tudo.

RAÍSSA
Então ela tá pobre que nem a gente?

BRENDA
Não sei, só sei que morando aqui vai ser tratada igual a todo mundo. *(Sai)*

ISABELLE

Pra ela vir pra cá, deve estar toda cagada, ela e Brenda nunca se deram. Cínthia não gosta de travesti de rua.

RAÍSSA

Ixi...

BLANCHE

Se folgar comigo, vai ter.

RAÍSSA

Brenda recebe a inimiga que era rica e ficou pobre! Parece novela! *(A campainha toca)* É ela! Tô bonita? *(Corre para receber Cínthia)* Pode ir entrando! Não repare, viu? *(Vai pegar a nécessaire das mãos de Cínthia)*

CÍNTHIA

Não encosta! Vai quebrar! Tem cremes caríssimos aí.

RAÍSSA

Desculpa!

(Pausa desconfortável)

ISABELLE

Quer comer alguma coisa?

RAÍSSA

Tem bolacha creme craquer.

ISABELLE
(Envergonhada)
Cala a boca.

CÍNTHIA

O famoso Palácio das Princesas.
(Olha as meninas com desdém) As princesas...
(Para Raíssa) Pega a minha nécessaire ali.

RAÍSSA

Você falou pra não pegar.

CÍNTHIA

Agora estou falando para pegar. *(Raíssa dá a nécessaire para Cínthia)* Moribunda sim, feia nunca. Quem foi rainha, nunca perde a majestade.

ISABELLE

Brenda já vem, viu.

CÍNTHIA

Não tem pressa, meu único compromisso é morrer, mas ficaram de confirmar o horário.

RAÍSSA

Ai, credo!

CÍNTHIA

Quanto mais cedo você acostuma, melhor.

RAÍSSA

Meu nome é Raíssa.

(Cínthia mede Raíssa como quem pergunta o que tem a ver com isso)

BRENDA

(Entra)
Querida! Como você está...

CÍNTHIA

Maravilhosa?

BRENDA

Acabaaada!!

CÍNTHIA

Despeitada.

BRENDA

Danificada.

CÍNTHIA

Cafona.

BRENDA

Caída.

CÍNTHIA

Morta de fome.

BRENDA

Bem-vinda à minha humilde choupana.

CÍNTHIA

Bondade sua chamar isso aqui de choupana.

BRENDA

Você tem casa. Por que não foi pra lá?

CÍNTHIA

(Cínthia engole em seco)
Porque eu não posso ficar sozinha.

BRENDA

Raíssa, meu bem, leva a Cínthia lá na cozinha e oferece um chazinho com bolacha pra ela.

RAÍSSA

(Vitoriosa para Isabelle)
Tem creme craquer.

CÍNTHIA

(Sarcástica)
Que maravilha! Já cheguei no inferno e ninguém me avisou.

(Cínthia e Raíssa saem. Brenda desolada)

BRENDA

Tá pior do que eu imaginava.

BLANCHE

O que é que ela tem?

BRENDA

Se for o que eu estou pensando, Deus tenha misericórdia... *(Sai)*

(Na cozinha, Cínthia e Raíssa)

CÍNTHIA

Você faz trottoir?

RAÍSSA

Não sou cavalo pra trotar.

CÍNTHIA

Prostituição!

RAÍSSA

Eu faço.

CÍNTHIA

Você já apanhou da polícia?

RAÍSSA

Apanhei.

CÍNTHIA

Me extorquiram uma vez. Eu estava numa boate suspeita, a polícia apareceu e me botaram num camburão. Eu peguei o anel de família e entreguei para o guarda. Assim: tó leva!

RAÍSSA

Eles mandam a gente tirar a roupa, dizem "se tiver pau vai apanhar que nem homem". Mandaram uma amiga tirar a dentadura pra ver se tinha gilete escondida, ela gritava que o dente dela era natural e o alibã não acreditava. Arrebentaram a boca dela no murro.

(Pausa desconfortável)

CÍNTHIA

Eu não vou ter que dividir quarto com ninguém, espero.

RAÍSSA

Não tem quarto para dividir, tá tudo cheio.

CÍNTHIA

Onde eu vou dormir?

RAÍSSA

No quarto da Brenda. Ela vai dormir no sofá.

(Na sala, Blanche e Isabelle)

ISABELLE

Blanche. *(Mostrando um papelote de cocaína)* Tu é doida? Deixou isso aqui lá no banheiro.

BLANCHE

O que é que tem?

ISABELLE

Não faça a sonsa! Se Caetana pega teus papelote te põe na rua.

BLANCHE

Tenho medo de ninguém não.

ISABELLE

Até ontem tava se cagando de medo de Paloma porque estava devendo e... Só se... Você é mentirosa! O dinheiro que você tá devendo é de droga, não é dos peito!

BLANCHE

Cala a boca!

ISABELLE

Por isso que ela falou que vai te matar!
(Brenda entra)

BRENDA

Quem vai matar quem?

(Isabelle esconde o papelote no bolso, protegendo Blanche.)

ISABELLE

A Blanche queria matar a saudade de Ariela.

BLANCHE

Ela não escreveu mais.

BRENDA

A gente tem que ir no hospital. *(Como quem tem um pressentimento ruim)* Ligaram pra pegar os exames que eles fizeram no dia dos tiros.

BLANCHE

Vou trocar de roupa pra ir. *(Blanche sai)*

(Enquanto Cínthia toma chá, Raíssa penteia uma peruca)

CÍNTHIA
É sua?

RAÍSSA
É da Brenda.

CÍNTHIA
Você leva jeito, devia trabalhar com isso.

RAÍSSA
Eu trabalhava em salão.

CÍNTHIA
Por que saiu? Não era bom?

RAÍSSA
Era ótimo.

CÍNTHIA
Vocês preferem ir pra rua.

RAÍSSA
E o que é que tem? Cada um se vira como pode.

CÍNTHIA
Por que você saiu do salão?

RAÍSSA
Eu não tinha Carteira de Trabalho, aí me mandaram embora.

CÍNTHIA
Por que não tirou?

RAÍSSA
Você já foi registrada?

CÍNTHIA

Eu tenho meu atelier. O imóvel é próprio, não posso ficar lá sozinha neste estado.

RAÍSSA

Bicha rica.

CÍNTHIA

Bicha rica não, pra você é Dona Bicha Rica, Madame Bicha Rica, que eu sou fina pra caralho. Eu também passei por poucas e boas. Minha família não me aceita, blá blá blá tralalá, mesma história de todo mundo. Eu corri atrás das minhas coisas.

RAÍSSA

Eu não posso ser registrada porque eu não tenho documento.

CÍNTHIA

Nenhum?

RAÍSSA

Só certidão de nascimento.

CÍNTHIA

Você não foi para a escola?

RAÍSSA

Até o quarto ano primário. Quando eu passei para o ginásio, minha madrinha que me criou não quis tirar meus documentos e eu parei de estudar.

CÍNTHIA

Você pode tirar seu RG, documento não cai do céu por descuido não, minha filha.

RAÍSSA
(Irônica)
Ai, cê jura? Vamos fazer de conta? Vamos! Eu chego na repartição, faz de conta que ninguém vai me tratar que nem lixo quando olhar o nome da minha certidão. Mas eu faço a Kátia, não vi nada e saio de lá com um RG escrito *(Pausa).* Oba! Vou tirar carteira de trabalho! Eles vão dizer *(Pausa)* cadê o certificado de reservista? E aí eu faço o que? Vou me alistar? Eu chego lá, vão me mandar tirar a roupa, raspar meu cabelo ou fazer até coisa pior comigo, porque eles fazem, viu? Bem pior. Aí vem título de eleitor e assim vai. Tô pra isso não. Pra quê?

CÍNTHIA
Pra provar que você existe.

RAÍSSA
Eu não, o *(Pausa).*

CÍNTHIA
(Tocada pelo relato de Raíssa)
Para poder aproveitar uma oportunidade.

RAÍSSA
Se eu não posso existir do jeito que eu sou, prefiro não existir.

CÍNTHIA
Onde está a sua madrinha agora?

RAÍSSA
Não sei, deve ter morrido.

CÍNTHIA
Tomara.

RAÍSSA

Eu não tenho raiva. De noite a gente ficava no sofá vendo novela, falando das artista. Ela gostava do Tarcísio Meira, eu do Lauro Corona. Fiquei arrasada quando ele morreu.

CÍNTHIA

Você vai ficar aqui nesse moquifo a vida inteira?

RAÍSSA

Não sei, por enquanto a oportunidade que eu tenho é ficar viva, mais do que isso é luxo.

CÍNTHIA

(As palavras calam em Cínthia)
Bom, já vi que você não gostou do que eu falei, mas pra mim tanto faz como tanto fez. Já que você vai ficar aqui arrumando os picumã, vou te ensinar a fazer direito.

RAÍSSA

Você não sabe, é costureira.

CÍNTHIA

Estilista! Sei coisas que você nem imagina, meu bem. *(Quase afetuosa)* Eu te ensino, se um dia aparecer uma oportunidade... você já aprendeu.

(Na sala, Brenda e Isabelle)

BRENDA

Passa aqui o papelote que você escondeu. Eu sei que não é seu. *(Isabelle dá para Brenda o papelote)* Como se a gente não tivesse problema.

ISABELLE

Você vai colocar Blanche pra fora?

BRENDA

Se eu jogo ela na rua aí que se perde de vez. Não é ruindade, é que ninguém orientou. Vocês vivem de briga mas no fundo eu sei que vocês se gostam.

ISABELLE

A Blanche tem tudo na mão e gasta com essas porcaria?

BRENDA

A sua mãe com o seu pai é que nem um vício, né?

ISABELLE

É.

BRENDA

A Blanche é a sua mãe...e isso aqui *(mostra o papelote de droga)* é o seu pai.

ISABELLE

Eu queria dar uma vida melhor pra minha mãe.

BRENDA

E pra você? O que você quer?

ISABELLE

Estudar.

BRENDA

Você está terminando o supletivo, pode fazer uma faculdade.

ISABELLE

Nunca vi travesti em faculdade, mas o pastor que vem aqui, disse que pode me ajudar.

BRENDA

Ajudar de que jeito? Aqui eu permito a entrada de qualquer pessoa que quiser vir dar um conforto espiritual. Padre Júlio vem aqui, o pessoal espírita dá uma ajuda danada, o pastor, mas eu deixei claro que se falar em inferno e pecado boto porta afora. Seja quem for.

(Sai. Isabelle pega a carta que escreveu para a mãe)

ISABELLE

Mãe. A bença. Aqui vai o dinheiro pros remédios. Não deixa o pai ver, ele vai arranjar um jeito da senhora dar o dinheiro pra ele. Eu tô com tanta saudade, se eu pudesse ia lhe ver, mas o pai não deixa nem eu pisar no portão. Eu tenho dois sonhos na minha vida: um é ver a senhora separada desse homem. Larga dele, mãe, eu prometo que cuido da senhora. Não cuidei sempre? O outro sonho é tirar diploma de faculdade. Estou quase terminando o supletivo. Minhas nota tão até boa, se um dia eu for aí eu levo pra senhora ver. Se tudo der certo, vou me inscrever pro vestibular só pra ver como que é. Eu sei que não tem lugar pra mim na faculdade, é sonho, coisa que a gente só conta mesmo pra uma mãe. Um beijo da filha que muito lhe ama. Isabelle.

SOMOS SÓ O MEDO E EU
NESTA SALA DE HOSPITAL
E NÓS NOS ENCARAMOS
A ESPERA DE UM SINAL

SE A SOMA DOS DIAS VIVIDOS
FOR MAIOR DO QUE OS DIAS POR VIR?
E QUANTO TEMPO ME RESTA
PRA AGUENTAR, PRA RESISTIR?

> É MAIS UMA DESPEDIDA
> OU O INÍCIO DO FINAL
> RECOMEÇO, OUTRA VIDA
> ATÉ MESMO UM NOVO NORMAL

VOZ

(*Em off*)
O seu exame de HIV deu negativo.

(Brenda, Isabelle e Raíssa respiram aliviadas)

> SOMOS SÓ O MEDO E EU
> NESTA SALA DE HOSPITAL
> E NÓS NOS ENCARAMOS
> A ESPERA DE UM SINAL
>
> É MAIS UMA DESPEDIDA
> É O INÍCIO DO FINAL
> RECOMENÇO, OUTRA VIDA
> ATÉ MESMO UM NOVO NORMAL
>
> RECOMEÇO, OUTRA VIDA
> ATÉ MESMO UM NOVO NORMAL
> É MAIS UMA DESPEDIDA
> É O INÍCIO DO FINAL

VOZ

(*Em off*)
O seu exame de HIV deu positivo.

(Cínthia reage à notícia. Blanche reage à notícia. Ariela entra)

REPÓRTER

Brenda, e se aparecer alguma dessas travestis aqui com aids?

ATO

CENA I

(Emílio Ribas, Dr. Pedro lê algo. Brenda entra desesperada.)

BRENDA
Dr.Pedro! Dr. Pedro! Eu preciso falar com o senhor! O que significa isso? Ninguém atende direito aqui nesse hospital.

DR. PEDRO
O que foi?

BRENDA
Ela tá morta! Ela tá morta!! Eu trouxe uma moradora da minha casa. No balcão não informam, é uma zona! Ela veio se tratar, e agora morreu?

DR. PEDRO
O que foi que disseram pra você?

BRENDA
Que não tinha leito, iam mandar pra outro setor. Não faz meia hora que ela deu entrada e morreu? Como assim, Dr. Pedro?

DR. PEDRO
Eu vou verificar. Qual o nome pra eu olhar o prontuário?

BRENDA

(Procurando dentro da bolsa sem conseguir achar o documento)
Tô com o documento dela aqui, eu peguei pra dar entrada lá no balcão. Voltou da Itália doente. Não estou achando. Primeiro eram as que tavam na Europa, agora as daqui também tão ficando doente. Meu Deus, qual é o nome que tá no documento? Eu não sei! Pra mim era a Valéria, a minha amiga.

DR. PEDRO

Espera. Você perdeu uma amiga. Posso te dar um abraço? *(Brenda se espanta. Em toda sua vida, poucas pessoas lhe ofereceram um abraço. Ela fica em choque, paralisada por alguns instantes e em seguida permite que Dr. Pedro a abrace. Ela se acalma um pouco.)* Toda semana você traz alguém.

BRENDA

Toda semana é um médico que olha torto, enrola pra atender, não tem vaga.

DR. PEDRO

Eles estão errados, mas a verdade é que eles não sabem o que fazer mesmo. Não tem cura.

BRENDA

E aí o que faz? Deixa a gente morrer?

DR. PEDRO

Nós estamos organizando um ambulatório específico de aids aqui, mas leva um tempo.

BRENDA

A doença não espera. Eu tenho uma pensão...

DR. PEDRO

Eu sei quem você é. Brenda Lee. Te chamam de anjo da guarda. Você está certa, a gente tem que pensar em alguma coisa. Quantas moram com você hoje?

BRENDA

Tem muito entra e sai, né. Quem trabalha na rua não tem muito pouso fixo não, a maioria não tem família.

DR. PEDRO

Eu poderia atender as moradoras lá na sua casa. As que precisassem de atendimento hospitalar, seriam encaminhadas para cá, claro, mas as consultas podem ser lá.

BRENDA

Pra não incomodar os médicos e as pessoas "direitas" com a nossa presença? Não estou gostando disso.

DR. PEDRO

Não. Estou pensando em resolver uma situação mais urgente, pelo menos enquanto o ambulatório não fica pronto. Eu posso fazer um atendimento mais personalizado na sua casa. O que você acha? Quantas você traz? Uma, duas de cada vez?

BRENDA

E elas ficam o dia inteiro aqui, tem muitas que nem querem vir pra não passar constrangimento.

DR. PEDRO

Na sua a gente evitaria o deslocamento das mais debilitadas. Nada teria evitado a morte da Valéria, mas o hospital poderia ter dado mais conforto pra ela, mas estou tentando fazer o melhor pra quem está doente.

BRENDA
(Brenda pensa por uns instantes)
Pode ser uma boa. O senhor me acompanha?

CORO
VOCÊ NÃO DURARIA
NEM AO MENOS DEZ MINUTOS
SE ESTIVESSE EM MINHA PELE
PELAS RUAS DA CIDADE

CENA II

(Brenda o leva para o seu quarto, cheio de boás e tecidos brilhantes espalhados. Ela prepara uma mesa, uma cadeira para o médico e outra para a paciente. A mesa serve como consultório e como mesa de cabaret, onde as consultas serão apresentações. Ele fala durante a música).

BRENDA

Aqui está bom?

DR. PEDRO

Mas é seu quarto, você não precisa abrir mão da sua intimidade. A gente podia ficar na copa ou num outro cômodo.

BRENDA

É um dos poucos cômodos que tem porta, as meninas têm mais privacidade. Não repara que eu deixo as minhas coisas assim penduradas. Tá atrapalhando?

DR. PEDRO

Não! Está ótimo. Eu nunca atendi num lugar com tanto brilho.

BRENDA

Travesti gosta de luxo, tá pensando o quê?

DR. PEDRO

Parece até que eu estou numa boate!

CÍNTHIA

E continuamos esta noite de... festa aqui na Boate Medieval, temos na plateia um médico ilustre. É gato? É. Beth Faria? Faria loucamente, meu bem. E para nosso primeiro número, ela, que como Carlota Joaquina, desta terra não queria nem o pó, vinda diretamente da Itália contra sua vontade. Por favor, aplaudam Ariela del Mare!

ARIELA

A MÃE MORREU LHE DANDO À LUZ.
CAÇULA, TANTAS FILHAS, ERAM SEIS
O PAI, UM BOM PASTOR, HOMEM DE DEUS
VIVIA PRA PREGAR AMOR E PAZ

ERA ELE OU ERA ELA
BELA ARIELA ERA ELA

O PAI A VIU MEXENDO SEUS QUADRIS
VESTIDA COM AS ROUPAS DAS IRMÃS
DE PAI O BOM PASTOR VIROU JUIZ
NUM ÍMPETO O JUIZ VIROU ALGOZ.

ERA ELE OU ERA ELA
CADELA ARIELA ERA ELA

BATEU COM TANTA FORÇA O PAI FEROZ
QUE QUASE ASSASSINOU A INFELIZ
E ELA, TREZE ANOS E SONHOS INFANTIS
FICOU NO HOSPITAL POR MAIS DE UM MÊS

QUEM DISSE QUE AQUI
ACABARIA A BELA HISTÓRIA
NÃO SABE NADA DO QUE ACONTECEU DEPOIS
CRUZOU O MAR PRA SER
QUEM SEMPRE TINHA SIDO
E APRENDEU SOLTAR A PRÓPRIA VOZ!

A BUSCA DE CADA UM
É A DE SER QUEM SE É

ERA ELE OU ERA ELA
SÓ ELA, ARIELA ERA SÓ ELA

ARIELA

Foi isso, doutor. Quando finalmente fui me operar, descobri essa doença. *(Divertida)* Aí tive que voltar. Esse micróbio filha da puta não podia ter esperado a minha cirurgia? Pão de pobre quando cai é de cabeça pra baixo, se o pão for de travesti, além de cair, alguém pisa em cima! Eu podia ter comprado um apartamento, mas aqui eu tenho um monte de amiga, a gente fala merda, dá risada e esquece da situação. Até voltei a cantar! Eu descobri que um dia que eu não cantei é um dia que eu não vivi.

DR. PEDRO

Seus exames estão muito bons. É só ir se cuidando. *(Para Brenda)* É um privilégio acompanhar o seu trabalho.

BRENDA

É muito antiga, tá tudo precário, mas a gente vai se virando.

DR. PEDRO

Posso perguntar como você mantém a casa?

BRENDA

As que podem contribuem, mas muitas nem podem trabalhar. Eu vendo um carro, um negócio, as amigas mandam dinheiro, até as que estão na Europa. Aqui tem cada história... Essas meninas passaram o cão, eu falo menina porque travesti não fica velha, morre antes.

Tive que mudar as prioridades, meu sonho era transformar isso aqui numa casa luxuosa pra gente viver quase que assim uma comunidade. Se ninguém gosta da gente, a gente se junta. O senhor não entende. Médico todo mundo respeita. *(divertida)* Nunca deve ter pisado numa delegacia.

DR. PEDRO

1968, 30 dias no Dops. 1974, 8 dias no DOI-CODI. *(Pausa. Brenda parece não acreditar que aquele homem tão distinto possa ter sido preso).*

CÍNTHIA

Ela é doce, ela é jovem, ela é uma das beldades desta noite. Recebam com muito carinho, a graça, a bondade, a leveza de Raíssa.

AS MÃOS MÁGICAS DE RAÍSSA
TÊM DEDOS DE FADA
FAZEM CRESCER OS CABELOS
DA MENINA MARCADA

PENTEIAM CAMADAS DE SONHOS
BELOS CACHOS DE UTOPIA
VÃO TRANÇANDO PENSAMENTOS
DE FARTURA E ALEGRIA

AMARRAM CARINHOS DE MÃE
QUE FICARAM SÓ NO DESEJO
ABRAÇOS SONHADOS DE PAI
COM FITAS CHEIAS DE BEIJOS.

COQUE BAIXO ARRUMADINHO
BRINCADEIRAS NO QUINTAL
NO GRAMPO ESTÁ A BONECA
QUE NÃO VEIO NO NATAL

E ASSIM AS MÃOS DE RAÍSSA
NOS CABELOS DE OUTRAS FADAS
RESGATAM LEMBRANÇAS FELIZES
QUE FORAM SOMENTE INVENTADAS

DR. PEDRO

Raíssa, é uma bronquite, não podemos deixar que ela evolua para uma pneumonia. Os remédios são estes.

RAÍSSA

Doutor, qualquer dia eu vou cortar seu cabelo. Quer jogar um reflexo? Botar um acaju nesses branquinhos aqui do lado?

DR. PEDRO

Não, obrigado. Mas aceito o corte! Venho aqui pra dar um conforto e saio eu confortado.

CÍNTHIA

Meus amigos, vamos aplaudir...

(Isabelle entra esbaforida)

BRENDA

O que foi? Que cara é essa.

ISABELLE

Pegaram a Blanche!

BRENDA

Onde ela tá?

ISABELLE

Segundo distrito.

BRENDA

Bom Retiro. *(Brenda pega a bolsa para sair)* Tem um dinheiro ali na gaveta, pega pra mim. *(Isabelle pega o dinheiro e entrega a Brenda)* Vou buscar antes que ela se corte toda. Já já eu volto. *(Sai)*

DR. PEDRO

Posso ajudar em alguma coisa?

ISABELLE

A polícia pegou a Blanche. Ela não mora mais aqui, sumiu. Brenda vai correndo antes que ela se corte.

DR. PEDRO

Se corte?

ISABELLE

Pra polícia parar de bater. Eles ficam com medo de pegar aids se encostar no sangue dela.

DR. PEDRO

Não é assim que pega.

ISABELLE

Eu sei, mas eles não sabem.

DR. PEDRO

Você não tem o vírus, mas tem uma sífilis que a gente vai cuidar. Já sabe da eficácia do uso do preservativo?

ISABELLE

Cliente paga mais pra fazer sem camisinha.
Eu não posso ficar sem ganhar, ainda mais agora
que eu sei que nunca vou sair dessa vida.

DR. PEDRO

Por que?

CÍNTHIA

"A Noite das Divas", agora sim, um evento da
Boate Medieval, a casa mais suntuosa da noite de
São Paulo. Numa performance extraordinária,
queiram receber Isabelle Labete.

ISABELLE

Tinha um pastor que vinha aqui, ele disse que
ia me ajudar a estudar... se eu fosse dar um
testemunho na igreja. Achei que ele queria
mostrar que Jesus andou com prostituta que
nem eu. Então eu fui.

O SER HUMANO QUER VER EXECUÇÃO
ALGUÉM CASTIGADO EM PLENA PRAÇA
INVENTAM PECADO PRA TER EXIBIÇÃO
UM SHOW PRA COMPENSAR SUA DESGRAÇA.
NÃO BASTA A DOR E A SOLIDÃO
O POVO QUER ENTRETENIMENTO
DESEJA VIGILÂNCIA, ÓDIO E MUITA PUNIÇÃO
PRA ESQUECER O PRÓPRIO SOFRIMENTO

CASTIGO NA PRAÇA
CASTIGO NA PRAÇA
CASTIGO NA PRAÇA
CASTIGO NA PRAÇA

AÇOITE RASGA AS COSTAS
DO NEGRO ESCRAVIZADO
FOGUEIRA ENGOLE
A BRUXA VAI LIMPAR O SEU PECADO
A CORDA DA FORCA E O CORPO PENDURADO
E A GUILHOTINA DESCE
NO PESCOÇO CONDENADO
A BALA FUZILANDO
GUERRILHEIRO VENDADO
E A PEDRA ATINGE PUTA
PELA MÃO DO CRISTÃO ILIBADO
O ARTISTA NA TV
DE REPENTE CANCELADO
E O CORPO TRAVESTI,
NA RUA METRALHADO

CASTIGO NA PRAÇA
CASTIGO NA PRAÇA
CASTIGO NA PRAÇA
CASTIGO NA PRAÇA

EU FAÇO PARTE DE TUDO QUE É MALQUISTO
POR QUE SOU SEU INCÔMODO
SOMENTE PORQUE EXISTO?
SOU ALVO DA RAIVA
MESMO ASSIM AINDA RESISTO
TEM DIAS TÃO DIFÍCEIS QUE EU QUASE DESISTO
MAS DÁ PRA MUDAR AQUILO QUE FOI VISTO
É PRECISO INDIGNAR-SE DIANTE DE TUDO ISTO
TEVE ALGUÉM QUE PROVOU,
É POSSÍVEL, EU INSISTO
E FALOU SÓ DE AMOR,
SEU NOME É JESUS CRISTO

CASTIGO NA PRAÇA
CASTIGO NA PRAÇA
CASTIGO NA PRAÇA
CASTIGO NA PRAÇA

(O coro da igreja cerca Isabelle repetindo o refrão, somente a cabeça dela fica de fora enquanto uma fiel corta um pedaço dos seus cabelos)

CÍNTHIA / PASTOR

Medieval, a noite do Medieval, a noite Medieval *(Aos poucos vai se transformando na voz de um pastor.)* Pois você vivia no Éden, o jardim de Deus... Você vivia no meu monte santo e andava pelo meio de pedras brilhantes. A sua conduta foi perfeita desde o dia em que foi criado, até que você começou a fazer o mal. Você ficou ocupado, comprando e vendendo, e isso o levou à violência e ao pecado. Por isso, anjo protetor, eu o humilhei e expulsei do monte de Deus, do meio das pedras brilhantes. Você ficou orgulhoso por causa da sua beleza... Então eu o joguei no chão a fim de servir de aviso para outros reis. Lúcifer! *(O revela Isabelle vestida de homem e com os cabelos cortados.)* Ezequiel 28:13

ISABELLE

O pastor pegou meu cabelo cortado, disse que tinha tirado o diabo do meu corpo, e dali pra frente ia ser um homem que anda no caminho de Deus. Eu já apanhei na rua, mas nunca senti tanta humilhação, porque eu fui de coração aberto. Aí eu lembrei de uma história da Bíblia que a minha mãe contava, a do Sansão. Eu pensei: cabelo não tá na minha cabeça, mas ainda é meu! Eu gritei com toda força. Quem você pensa que é, seu desgraçado? Vai se foder que agora eu vou contar pra todo mundo! Você é veado! Todo sábado engole porra no banheirão da Praça da República e domingo vem vomitar Bíblia aqui. Eu vi você caçando lá! Ninguém me contou não, eu vi! O pastor ficou mudo, nem respirava. A igreja inteira olhando pra ele, as

irmã tudo cochichando, um obreiro foi tirando
ele do altar bem devagarzinho pra disfarçar.

DR. PEDRO
(Espantado)
Você viu o pastor na Praça da República?

ISABELLE
(Rindo)
Não vi. Era mentira. Mas até ele provar, né?

CÍNTHIA
E como última apresentação da noite, recebam de
braços abertos, a bela das ruas, a princesa mais
bonita das noites da cidade: Blanche de Niège!

(Entram Brenda e Blanche)

BRENDA
Assim fica difícil, Blanche! Se te enquadram por
vadiagem, são 15 dias a três meses. Com droga
você pega 5 a 15 anos! Como é que eu tiro você
de lá? Seu macho vai pagar advogado?

BLANCHE
Ele não tem nada a ver com isso!

BRENDA
Morando em hotel com filho da puta que te dá
droga pra te usar de avião. Você fugiu da minha
casa pra ficar usando aí fora nesse estado!
O que que eu faço com você? Olha esse braço,
toda picada.

BLANCHE
Eu vou embora, Floriano tá me esperando.

BRENDA
Ele não tá lá, te prenderam e ele fugiu.
Seu namorado fugiu!

BLANCHE
Mentira, mentira! Ele tá me esperando!

ESPELHO, ESPELHO MEU.
EXISTE ALGUÉM
MAIS SOZINHA QUE EU?

SÓ PRA MIM
OS SEUS OLHOS VÃO OLHAR SÓ PRA MIM
E ELE DIZ: NUNCA MAIS VOU TE DEIXAR
SÓ PRA MIM
ELE ENTREGA O SEU AMOR SÓ PRA MIM
E SEUS BEIJOS VÃO ATÉ ME AFOGAR
SÓ PRA MIM
UMA FRASE, UM EU TE AMO PRA MIM
EU VOU TER UMA PESSOA PRA CUIDAR
SÓ PRA MIM
E O MUNDO VAI OLHAR SÓ PRA MIM
ELE ME AMA
E MANDA O MUNDO AMAR TAMBÉM

DEPOIS ANDA COMIGO,
ME SEGURA PELA MÃO
E ME EXIBE PELA RUA, NO PORTÃO
ADENTRA SUA CASA
E ME LEVA COM ORGULHO
ME APRESENTA PRA FAMÍLIA
SOU SUA MULHER

SÓ PRA MIM
EU QUERO ESSE AMOR SÓ PRA MIM
E NINGUÉM VAI TOMAR O MEU LUGAR
SÓ PRA MIM
UM AMOR QUE É SEM LIMITE PRA MIM
QUE NÃO FERE E NEM TENTA ME MATAR
SÓ PRA MIM
SÓ PRA MIM

BRENDA

Você fugiu do lugar onde podem cuidar de você.

BLANCHE

Sua casa tá ficando com fama, se eu ficasse, todo mundo ia saber que eu sou aidética. Eu não vou ficar.

BRENDA

Vai porque aí fora você não dura uma semana, agora vai se lavar pra passar em consulta aqui com o doutor. *(Blanche sai)* Essa menina tá se perdendo na droga. Aids é só mais um problema.

DR. PEDRO

Nós vamos cuidar dela, pode deixar.

BRENDA

Quando o senhor falou de vir atender aqui em casa eu achei que estava tentando varrer a gente pra debaixo do tapete, mas acabou que foi bem melhor.

DR. PEDRO

A gente está conseguindo aprimorar o tratamento.

BRENDA

Quando a gente confia, dá resultado.

DR. PEDRO

Tem muitos casos de tuberculose, sífilis, DSTs. Tem muitas meninas que continuam... trabalhando sem nenhuma proteção.
A gente precisa informar, o ideal é que fosse uma delas, eu poderia treinar essa pessoa.

BRENDA

A maioria aqui nem fez até o quarto ano primário.

DR. PEDRO

Só preciso de boa vontade. Quando a gente confia, dá resultado.

BRENDA

O senhor aceita a Blanche? Ela precisa de um incentivo.

DR. PEDRO

Claro!

ISABELLE

A Blanche? Por que não eu? Tudo é sempre pra Blanche! Você sabe que eu estou querendo melhorar de vida e na hora em que...

BRENDA

Essa é a única oportunidade que ela tem. Você não vai ter tempo, fiz sua matrícula no cursinho pré-vestibular. Agora vai ajudar Blanche. *(Isabelle sai feliz da vida)* O meu pai sonhava com um filho advogado, eu sempre quis estudar medicina... cada vez que eu perdia um emprego, tinha que parar de estudar, mas eu consegui tirar o primeiro ano de direito. Eu, travesti, quase fui a filha advogada que meu pai queria.

DR. PEDRO

Você vai trabalhar com medicina. Vai ser bom, eu me sinto muito sozinho. A maioria dos médicos acha que aids não merece atenção, que os pacientes são marginais e vão morrer de qualquer jeito. A demanda emocional é muito forte. Pessoas me ligam de madrugada desesperadas porque o filho ou o irmão está morrendo.

BRENDA

Teve tanto amigo que deu uma sumida, de repente a gente ficou sabendo que morreu. Não deu tempo de se despedir, nada. Tem gente que chama a doença de peste gay, câncer gay.

DR. PEDRO

Hospitais enormes mandam pacientes para casa porque não querem cuidar! Muitas pessoas são abandonadas pela família, entram em depressão, desespero.

BRENDA

Isso a gente já sabe, eu quero saber o que dá pra gente fazer.

DR. PEDRO

Eu não tenho dúvidas: só é possível enfrentar uma epidemia mobilizando a sociedade.
Por isso, eu gostaria de propor uma parceria.

BRENDA

Com quem?

DR. PEDRO

Com você.

BRENDA

Comigo?

DR. PEDRO

Sim.

BRENDA

Eu e quem?

DR. PEDRO

Com a Secretaria da Saúde.

BRENDA

Do Governo?

DR. PEDRO

Sim!

BRENDA

A única parceria que o governo quer com travesti é assim: a polícia entra com a bala e a gente entra com o alvo, que no caso é a gente mesmo.

DR. PEDRO

Seria a primeira política pública destinada a travestis, a primeira para os doentes de aids. Vai ser difícil, mas eu quero ir em frente. Seu trabalho é admirável. Nós vamos continuar oferecendo assistência médica, apoio técnico de saúde, higiene, saneamento. Eu me comprometo a tentar uma verba para fazer algumas reformas e manter a casa.

BRENDA

E em troca?

DR. PEDRO

Que você receba travestis com aids que chegam no nosso serviço e estejam sem abrigo.

BRENDA

Isso eu já faço.

DR. PEDRO

Mas a gente vai ampliar.

BRENDA

Minha casa vai virar uma espécie assim de um hospital, né. *(Pausa. Ponto extremamente importante para Brenda)* Eu vou ter que aumentar a casa, fazer mais quarto...

DR. PEDRO

Se eu posso dizer que virei um bom médico foi depois que passei por aqui. Foi um exercício onde o meu conceito de certo, errado, normal e anormal foi completamente transformado. Como vamos chamar? Abrigo?

BRENDA

Ai, abrigo não! Lembra telhadinho desses bem vagabundo, cheio de goteira. Travesti gosta de luxo. Não daria pra continuar com Palácio?

DR. PEDRO

Talvez fique imponente demais, seria mais um centro.

BRENDA

Uma casa. As pessoas precisam de casa. É preciso ter mais quartos e armários com remédios, um lugar pra se tratar.

DR. PEDRO

Uma casa.

BRENDA

Com as portas sempre abertas, recebendo gente disposta pra ajudar.

DR. PEDRO

Uma casa de apoio.

BRENDA

Mais que nunca é preciso resistência. Talvez haja um remédio por aí, uma mudança, quem sabe até a cura. São minhas amigas, irmãs, para elas, dou a mão. Esta é minha família, com ela que eu quero estar. Se eu tiver que desistir do Palácio para essa casa virar um hospital, não tem problema.

DR. PEDRO

Casa de Apoio da Caetana?

BRENDA

Não, Caetana era dona da pensão, e eu não quero que confundam as coisas. Quero usar meu nome de guerra, o nome da rua. Graças a ele que eu consegui tudo o que eu tenho hoje. Casa de Apoio Brenda Lee.

> SEM CORTINA NA JANELA
> MUITAS CAMAS DE HOSPITAL
> É PRECISO TER MAIS QUARTOS
> E ARMÁRIOS COM REMÉDIOS
> QUE É PRA GENTE SE CUIDAR

NA FACHADA UMA PLACA
VAI SERVINDO DE FAROL
NO QUINTAL VAI TER ENCONTRO,
MUITO ESPAÇO NA COZINHA
TANTA HISTÓRIA PRA CONTAR

NÃO TENHO MEU PALÁCIO DAS PRINCESAS
MAS QUERO PROTEGER MINHAS IRMÃS
JUNTAR OS NOSSOS NADAS
JUNTAR AS NOSSAS DORES
E NA PAZ PODER CUIDAR

ATO

CENA I

CÍNTHIA

Gala Gay, o carnaval mais animado do Brasil. Muita gente bonita enfeitando o salão desta noite para contar esta passagem de tempo. A noite está uma loucura, a festa está só começando. É muito luxo e fantasias grandiosas!

(Na casa de Brenda, música de carnaval. As meninas estão atarefadas, mas mais que todas elas, quem não para é Brenda, andando de um lado para outro, subindo escadas.)

CORO

MAIS UM PUXADINHO.
UM PUXADINHO PRA VOCÊ MEU BEM.
SOBE, DESCE, FAZ MAIS UM QUARTINHO.
DE PUXA EM PUXA VAI CABER VOCÊ TAMBÉM

A NOSSA CASA TÁ PEQUENA
TÁ TUDO APERTADO POR AQUI
BRENDA VAI FAZENDO PUXADINHO.
PRA ABRIGAR MAIS UMA TRAVESTI
BRENDA
LEVANTOU O QUARTO ANDAR
MAS NUNCA CHAMOU UM ENGENHEIRO
ENTÃO, PRA CHEGAR NA SALA AO LADO
PRECISA DESCER ATÉ O PRIMEIRO

MAIS UM PUXADINHO
UM PUXADINHO PRA VOCÊ MEU BEM
SOBE, DESCE, FAZ MAIS UM QUARTINHO
DE PUXA EM PUXA VAI CABER VOCÊ TAMBÉM

RAÍSSA

AIDS! NINGUÉM SABE COMO...
AIDS! COMO SE CURA COMO...
AIDS! NINGUÉM SABE COMO...

CAETANA TRANSFORMOU,
MUDOU, ADAPTOU
NINGUÉM ATRAPALHAVA SUA GARRA,
SUA GANA
HUMANA,
DENTRE TODAS A MELHOR SAMARITANA
E SE ANTES ERAM ELAS
QUEM NINGUÉM QUERIA MAIS
AGORA DOENTES,
MAIS QUE NUNCA, MARGINAIS

NÃO IMPORTA QUEM CHEGAVA,
ENTRAVA, TINHA ABRIGO,
CAETANA CUIDAVA E NÃO OLHAVA
PARA O TRIGO
SE ENTREGAVA PRO TRABALHO
NA CASA DE APOIO,
E A CASA BRENDA LEE ACOLHIA ERA O JOIO.

BRENDA

Vou vender o carro. Eu preciso desse dinheiro agora, não para de chegar gente, tenho que construir mais quarto! *(Desliga o telefone e fala para um pedreiro invisível)* Olha o cimento chegando! Tem que levar lá pra cima! Não pode ficar aí na porta! Ah, deixa que eu resolvo isso! *(Pega o saco de cimento e leva para outro lugar)*

CORO

DINHEIRO PRA CUIDAR DE TODAS
NUNCA DÁ ATÉ O FIM DO MÊS
BRENDA VENDE O QUE É DELA
UM POUQUINHO DE CADA VEZ

BRENDA

E GENTE VEM CHEGANDO
BRENDA NÃO ESPERA UM SÓ MOMENTO
DE SAIA, SALTO ALTO E MAQUIADA
CARREGA MAIS UM SACO DE CIMENTO.

CORO

MAIS UM PUXADINHO
UM PUXADINHO PRA VOCÊ, MEU BEM
SOBE, DESCE, FAZ MAIS UM QUARTINHO
DE PUXA EM PUXA VAI CABER VOCÊ TAMBÉM

CÍNTHIA

(Entrevista Isabelle, que coloca a bacia de roupas na cabeça)
E eu estou aqui ao lado dessa maravilha, Isabelle Labete, com uma fantasia lindíssima com um arranjo de cabeça deslumbrante! Isabelle, você sempre vem ao Gala Gay?

BLANCHE

A doação de alimento não chegou. Disseram que não tem quem traga, tem que esperar?

BRENDA

Comida não espera, comida estraga. Eu pego meu carro e estou indo buscar.

BLANCHE

É caixote pesado. Você consegue carregar?

BRENDA

Tá bouah... *(Ao telefone)* No momento não posso conceder entrevista para o seu jornal. Não posso. Porque da última vez vocês fizeram piada com a minha casa eu não estou aqui pra isso.

(Isabelle entra)

ISABELLE

Brenda! A máquina de lavar quebrou! O que que eu faço?

BRENDA

(Voltando à conversa ao telefone)
Mas eu posso reconsiderar. Dou a entrevista se o seu jornal doar uma máquina de lavar aqui pra casa.

ISABELLE

Chegou mais uma menina, como que eu faço?

BRENDA

Coloca no meu quarto. Durmo no sofá, ora.

ISABELLE

A Blanche tá no sofá!

BRENDA

Eu durmo no carro, o banco reclina que é uma beleza.

ARIELA

A BRENDA AJUDA E DÁ A MÃO.
A BRENDA AJUDA E DÁ A MÃO.
MAS NÃO PISA NA BOLA, NÃO VEM NÃO
MAS NÃO PISA NA BOLA, NÃO VEM NÃO.

NO MEIO DISSO TUDO ELA QUASE SE ESQUECEU
QUE ERA HUMANA, CANSAVA. CHEGOU! DEU!
NO MEIO DA MORTE ELA NUNCA ESMORECEU
MAS QUERIA UM CARINHO,
UM AMOR TODINHO SEU

BLANCHE

E SURGIU UM CAVALHEIRO
QUE LOGO A CONQUISTOU
MOTORISTA ALI DA CASA
POR QUEM BRENDA SE ENCANTOU
E ELE CORRESPONDEU,
COMEÇARAM A NAMORAR
MAS O MOÇO NÃO PRESTAVA,
NÃO DEU PRA CONFIAR

ROUBOU UM CHEQUE E FALSIFICOU
BRENDA NÃO PERDEU MAIS TEMPO
E DENUNCIOU
FEZ B.O., DELEGACIA, DENÚNCIA, ACUSAÇÃO
MAS O GOLPE MAIOR FOI NO SEU CORAÇÃO.

AGORA O TAL RAPAZ LIGA E PERDE PERDÃO
MAS BRENDA NÃO ATENDE, NÃO CEDE NÃO
E ELE FALA MANSO E VEM COM BLÁ BLÁ BLÁ
QUERO VER QUANTO TEMPO
ELA VAI AGUENTAR

CÍNTHIA

Espero que vocês tenham curtido esse primeiro dia de cobertura do carnaval. Amanhã a gente volta com mais babados desse bas fond incrível que é o Gala Gay. Carnaval brasileiro, o maior do mundo! *(De repente, Cínthia passa mal e desmaia).*

BLANCHE

(Atendendo o telefone, importantíssima)
Casa de Apoio Brenda Lee, boa tarde. Sim senhora, aceitamos doação. Nosso brechó fica aberto até às 18h. De nada. Disponha. *(Para Brenda)* Tem esses cheques aqui pra descontar, essas contas pra pagar.

BRENDA

Gostei de ver. Dá aqui, eu passo no banco e pago.

BLANCHE

Ele faz falta, né... Não quis dizer como funcionário da casa, quis dizer para você.

BRENDA

Não quero pensar nisso...

BLANCHE

Vocês estavam namorando?

BRENDA

Estava. Mas meter a mão no dinheiro das meninas... não tenho nem condição de olhar na cara do safado. Isso aqui é sagrado, não posso perdoar. Fiz B.O. e tudo.

BLANCHE

Ele andou ligando.

BRENDA

Disse que quer consertar tudo, mas não sei. Vai trabalhar com o Dr. Pedro daqui a pouco? Como estão as coisas?

BLANCHE

Não muito boas. O Dr. Pedro vai ser demitido. Dizem que ele está transformando a secretaria da saúde num antro blá blá blá. Se ele for mandado embora, como vai ser? Como eu fico?

BRENDA

Você está fazendo um trabalho lindo, se a verba não sair, eu vendo um...

BLANCHE

Você fica vendendo suas coisas...

BRENDA

Prefiro saber que meu dinheiro está aqui. Quando eu partir vou deixar pra quem?

BLANCHE

Isso não vai acontecer tão cedo.

BRENDA

(Notando um baú no centro da sala)
O que é isso aqui?

BLANCHE

Chegou para Cínthia.

RAÍSSA

(Entrando empurrando a cadeira de rodas com Cínthia)
Chegou pra você. Não sei o que é. *(Abrem o baú. Dentro dele há vestidos de festa. Cínthia vai pegando os vestidos emocionada)* Que luxo! Deixa eu ver?

CÍNTHIA

Não põe a mão!

RAÍSSA

Ai! Eu só queria ver. Que custa?

CÍNTHIA

Não encoste, nem vem que eu sou igual sarampo, dou logo na cara.

RAÍSSA

Pode enfiar no cu.

CÍNTHIA

Eu deixo você pegar! Vem! Se sujar meus vestidos corto suas perucas. Tá com a mão suja de margarina? Deixa ver. *(Olha as mãos de Raíssa)* Esse eu usei num show na Boate Papagaio. Eu dublava a Piaf. "Non, rien de rien, non, je ne regrete rien". Jean Paul Gaultier foi me assistir, Rogéria, todos os atores da Globo. Era uma loucura! Olha essa lantejoula de cristal importada, chama Baguette.

RAÍSSA

Que nem pão?

CÍNTHIA

Isso! E essa que parece um barquinho, como chama?

RAÍSSA

Barquete.

CÍNTHIA

Não! Navette, bicha burra!

RAÍSSA

E essa que parece uma gota? Como chama?

CÍNTHIA

Chama gota. Esse aqui usei em Paris, vernissage de um pintor lindíssimo que quebrou um quarto de hotel com ciúme de mim. Renda guipir. É a renda mais nobre que existe. Ai, esse aqui usei numa festa em Nova York! Tava eu lá bebendo, me divertindo, passa uma bicha montada de Liza Minelli do meu lado. Eu falei: *Oh my God*, que bicha caída! Eu faço a Liza muito melhor e não dublo não, meu bem, eu canto mesmo! Só que eu falei em inglês, que eu sou culta pra caralho. E comecei no *"It's up to you, New York,*

New..." A mulher me abre a boca e me solta um: "*York*"! Era a Liza!!! A própria! E eu escangalhando com ela!

ISABELLE
Ai, que vergonha! E aí?

CÍNTHIA
Aí segurei o carão, lasquei um "sorry Liza", e continuei linda tomando meus drinks. Já tinha falado mesmo, ia fazer o que? Merdas cagadas não retornam ao cu.

BRENDA
Vocês estão dando o que ela mais adora: plateia.

BLANCHE
É que ninguém conta uma história como a Cínthia!

RAÍSSA
Esse aqui chama tafetá, né?

CÍNTHIA
Você faz tanto com tão pouco...

ISABELLE
Mas... ai...tá rasgado!

CÍNTHIA
Meu Deus...eu fiz pra uma dondoca metida a artista plástica. Isso foi de propósito. Filha da puta! Emprestei roupa, fiz cabelo de graça... Venho puxar o pé dela, desgraçada. *(Cínthia desaba emocionalmente)* Me dá essa merda aqui. *(Pega o vestido e vai rasgá-lo. Raíssa a impede.)* Me deixem sozinha! Sai daqui. *(Todas saem, menos Brenda)* Eu estou doente nesse calabouço esquecida por todo mundo.

BRENDA

Se não fosse o calabouço ia estar no meio da rua.

CÍNTHIA

Pisa, pisa. Você gosta.

BRENDA

Não é porque você está triste que eu vou passar por cima de ingratidão

CÍNTHIA

Pronto, você venceu! Tá satisfeita agora? Estou por baixo. Tô comendo o pão que o diabo amassou com o cu e daqui a pouco vou ver o dito cujo pessoalmente, porque eu...eu...*(Começa a chorar convulsivamente, pela primeira vez vemos um momento de fragilidade de Cínthia)* Eu não quero morrer! Eu não quero morrer, Caetana. *(Brenda corre em direção de Cínthia e a abraça. Cínthia chora nos braços de Brenda, que acolhe a amiga com carinho. Aos poucos, Cínthia vai se recompondo e limpando as lágrimas. A conversa reinicia, mas num tom diferente, as duas, apesar das alfinetadas, se gostam muito e isso fica expresso no tom da conversa. Brenda passa um lencinho para Cínthia.)* Como você consegue?

BRENDA

O que?

CÍNTHIA

Ficar de pé com tudo isso.

BRENDA

Não sei.

CÍNTHIA

Eu tô no chão. Vivi cercada de gente que eu achava que era minha amiga. Vão se foder! Como você consegue?

BRENDA

Eu ... fui fazendo, Cínthia. Só isso. Fui fazendo o que precisava.

CÍNTHIA

Eu queria mais um favor.

BRENDA

O que é?

CÍNTHIA

Você liga para a minha família? Fala para eles que eu estou... que eu estou... indo embora. *(Começa a introdução da música).* Pede para eles virem me ver. Você liga?

BRENDA

Eu ligo.

VOZ

(Em off.)
Nunca compactuei com comportamento inadequado, não pensou em mim, nem no pai dele.

BRENDA

DISSERAM QUE SENTEM SAUDADE.
QUE TÊM MUITO ORGULHO
QUE QUEREM TE VER
HOJE NÃO VAI DAR, DIA DESSES ELES VÊM.

VOZ

(Em off.)
Não pensou na vergonha da família, se vestindo de mulher por aí.

BRENDA

DISSERAM QUE SEMPRE TE AMARAM
QUE QUEREM SEU BEM
QUE SE ARREPENDERAM
AMANHÃ TALVEZ, DIA DESSES ELES VÊM

VOZ

(Em off.)
Eu não criei meu filho pra isso, não posso aprovar essa postura.

BRENDA

CONFIA, SE O AMOR NÃO VEIO LOGO,
SE NÃO VEM DE ONDE DEVIA
ELE SEMPRE ACHA UM CAMINHO
APARECE ONDE NÃO SE SABIA

VOZ

(Em off.)
Ele fez a escolha dele, agora que arque com ela.

BRENDA

SEU PAI TÁ COM MUITO TRABALHO
A MÃE, OCUPADA
O IRMÃO VIAJOU
DESSA VEZ NÃO DEU, DIA DESSES ELES VÊM.

VOZ

(Em off.)
Eu não posso fazer nada, ele escolheu o caminho dele, escolheu não ser mais meu filho.

(Brenda segura a mão de Blanche, Isabelle e Raíssa seguram as mãos de Cínthia)

BRENDA

O AMOR SEMPRE CHEGA ALGUM DIA
E SURGE UM ALGUÉM
QUE SOPRA A FERIDA
QUE OUTRO ALGUÉM RASGOU
TE TRATANDO COM DESDÉM.

BRENDA, ISABELLE, RAÍSSA, BLANCHE, ARIELA

CONFIA, SE O AMOR NÃO VEIO LOGO,
SE NÃO VEM DE ONDE DEVIA
ELE SEMPRE ACHA UM CAMINHO
CONFIA, CONFIA, CONFIA, CONFIA

BLANCHE

É que ninguém conta uma história igual a Cínthia!

ARIELA

Cada coisa linda que ela faz!

ISABELE

Quer comer alguma coisa?

RAÍSSA

Tem creme craquer.

CÍNTHIA

CONFIA, SE O AMOR NÃO VEIO LOGO,
SE NÃO VEM DE ONDE DEVIA
ELE SEMPRE ACHA UM CAMINHO
APARECE ONDE NÃO SE SABIA

(As princesas saem, ficam somente Cínthia e Brenda)

BRENDA

A Cínthia que eu conheço ia fazer essa vaca se arrepender de ter rasgado o vestido.

CÍNTHIA

Minha vida não serviu pra nada, virou uma trouxa de tecido num baú velho.

BRENDA

Pena que você acha isso... tem tanta coisa cara aí. Com um vestido desse eu sustento essa casa um mês!

CÍNTHIA

(Tendo uma ideia)
Menina!

BRENDA

Que foi?

CÍNTHIA

Vamos vender!

BRENDA

Suas clientes não querem roupa sua nem de graça, ainda mais usada.

CÍNTHIA

Vamos fazer um baile de gala arrecadando fundos.

BRENDA

Não sei.

CÍNTHIA

Eu ligo pros amigos, vai ser uma festa lindíssima. Vamos fazer no Gallery.

BRENDA

(Brenda percebe os delírios de Cínthia)
No Gallery... acho que ninguém vai querer evento de aids lá... não tem lugar...

CÍNTHIA

Aqui mesmo! As suas meninas fazem um desfile na sua laje, eu chamo os colunistas, tem um ar exótico! Já sei até qual vai ser o tema: decadance avec elegance! Vai abalar as estruturas da high society!

BRENDA

Vamos esperar você melhorar um pouquinho.

CÍNTHIA

Eu não vou melhorar. Caetana... não! Brenda! Brenda Lee, é meu último baile! Me deixa ir no meu último baile! *(Cínthia começa a entrar num estado de ansiedade, Brenda percebe que isso se deve à doença e decide concordar com tudo.)* O dinheiro vai ficar todinho pra casa. Posso ser uma bicha maldita, esnobe, vingativa... Que mais que eu sou?

BRENDA

Fofoqueira.

CÍNTHIA

Fofoqueira, mas ingrata eu não sou.

BRENDA

(Para Cínthia)
Tá bom, tá bom. A gente faz um baile. *(Faz um depoimento)* Eu tive experiências de vida fantasiosa, desde carnaval, boate, festas gay, aniversário, tudo isso. Eu não tenho mais essas vaidades. Antes de começar a fazer o que eu faço, recebendo travestis com aids, eu já era uma

pessoa dedicada ao trabalho. Eu não sinto falta de uma vida social, o que eu me sinto bem mesmo é estar na minha casa ou com a pessoa que eu amo ou então com os meus amigos ou com os pacientes que estão aqui, que acabam todos sendo meus amigos. É assim que eu me sinto bem.

(Isabelle entra. Brenda está ansiosa)

BRENDA

E aí?

ISABELLE

Eu passei! Eu passei no vestibular!!
(As duas fazem uma festa)

BRENDA

Eu nunca tive dúvida.

ISABELLE

Como é que eu vou entrar numa sala de faculdade?

BRENDA

Assim. Sem tirar nem pôr. Como está a festa?

ISABELLE

Tá tudo pronto.

BRENDA

E Cínthia?

ISABELLE

Mal se aguenta, confundindo tudo já, tadinha.

BRENDA

Se apegou tanto com Raíssa. Vai ser um baque pra bichinha. Eu vou dar uma saída. Volto para a festa e se tudo der certo, acompanhada.

ISABELLE

O motorista?

BRENDA

Ele pediu pra encontrar, tá arrependido. Vai devolver o dinheiro.

ISABELLE

Você aceita ele de volta?

BRENDA

Eu aceitei tantas. Quem aqui nunca errou?

ISABELLE

Toma cuidado, não vou com a cara desse ocó.

BRENDA

Cuida de tudo pra mim?

ISABELLE

Cuido.

BRENDA

Você é um amor de menina, viu? Você tem um futuro brilhante pela frente. *(Para o público)* Meu pai tinha uma casa de engenho, quando chegava a noite, as mulheres mais velhas iam contar história pra gente, cada história bonita, de príncipe, de princesa, de rainha e tudo. Eu ia dormir e ficava sonhando com aquelas histórias, queria morar num Palácio de Princesas.

(Cínthia chega na cadeira de rodas e vai até o meio do palco. Blanche entra com um vestido maravilhoso, Isabelle entra com outro, Ariela entra com outro)

CÍNTHIA

Meus vestidos ficaram lindos em vocês. *(Raíssa entra com o vestido que havia sido rasgado, está consertado e lindo)* Raíssa, esse vestido não tinha rasgado?

RAÍSSA

Eu consertei. Era bonito demais.

CÍNTHIA

Obrigada, minha filha. Minha filha. *(Pausa. Cínthia sente-se subitamente revigorada)* Senhoras e Senhores, a Boate Medieval hoje tem a honra de apresentar a maior performer de todos os tempos, uma das maiores estrelas de que se tem notícia...

RAÍSSA

Gente, mas que é isso?

CÍNTHIA

É o meu número final, vai ser do jeito que eu quero. Quando chegar a sua vez, você escolhe o seu. A incomparável, a extraordinária, a sensacional...

RAÍSSA

Nem na hora da morte...

CÍNTHIA

Cada interrupção eu volto de onde parei e coloco três elogios a mais. A incomparável, a extraordinária, a sensacional, a excepcional, a esplêndida, a notável Cínthia Minelli de Roland Garros Grimaldi Vendome de Clermont!

CÍNTHIA

(Como Ângela Maria)
> BABALUBABÁ, BABALU
> BABALUOIÊ, BABALU

(Evita)
> DON'T CRY FOR ME, ARGENTINA
> THE TRUTH IS THAT

(Como Gloria Gaynor)
> FIRST I WAS AFRAID, I WAS PETRIFIED,
> KEPT' THINKIN' I COULD NEVER LIVE
> WITHOUT YOU BY MY SIDE, BUT

(Como Piaff)
> NON, RIEN DE RIEN
> NON, JE NE REGRETTE RIEN

(Como Maria Bethânia)
> ACABEI COM TUDO
> ESCAPEI COM VIDA

(Como Madonna)
> LIKE A VIRGIN
> TOUCHED FOR THE VERY FIRST TIME

(Como Carmen Miranda)
> TCHICATHICA BUM TCHICATCHICABUM,
> TCHICABUM

(Como Maísa)
> NE ME QUITTE PAS
> NE ME QUITTE PAS
> NE ME QUITTE PAS
> NE ME QUITTE PAS

(Caetana chega, num vestido lindo. Cínthia a recebe.)

ISABELLE

(Prestando um depoimento)
Caetana saiu à tarde e não voltou. A gente tinha uma festinha, nada demais, uma das moradoras estava terminal, delirando, a Raíssa consertou um vestido e vestiu pra ela ver. Cínthia sorriu e deu o último suspiro. Nós ficamos esperando

a noite toda, mas Caetana não voltou, ninguém
sabe dela. Sei com quem ela foi encontrar, ela foi
resolver o negócio de um cheque adulterado. Um
funcionário aqui da casa adulterou, ela descobriu
e fez B.O. Fez. No 5º Distrito. Tenho sim, tenho
uma cópia aqui. Tá aqui o nome dele. Tá todo
mundo rezando, se aconteceu alguma coisa com
ela eu nem sei...

BRENDA

Com a morte eu perdi o medo. Eu não tenho
medo da morte de jeito nenhum.

ISABELLE

Encontraram o carro de Brenda no centro,
ela não tava lá.

BRENDA

Eu acho que a morte é um fato natural, inclusive
eu já perdi muitas amigas e amigos e eu fico
pensando o seguinte: quando eu vou, por
exemplo, fazer a sepultura, quem faz o enterro
é eu mesma, né.

ISABELLE

Encontraram a Brenda na Serra da Cantareira.

BRENDA

Então lá pra mim, estão todos lá me esperando,
eu vejo como se eles estivessem assim, ou
sorrindo ou querendo conversar comigo e eu
fico pensando que a hora que eu morrer eu vou
me juntar com todos eles lá e a gente vai ter uma
outra vida.

ISABELLE

Um tiro na boca e outro no peito.

BRENDA

É assim que eu penso.

>O QUE VOCÊ QUER MATAR EM MIM
>RISO AGUDO, UNHAS LONGAS
>BOCA PINTADA DE BATOM?
>CORPO LIVRE DE LAÇO OU VIGILÂNCIA?
>
>A LILITH, A EVA, A MARIA MADALENA?
>MEU OLHO TE OLHA,
>TE ENCARA OU TE DESPERTA?
>A LUA BRILHANDO EM MINHA TESTA
>PROVOCO RISO OU PROVOCO ALGO MAIS?
>
>O QUE VOCÊ QUER MATAR EM MIM?
>O QUE VOCÊ QUER MATAR EM MIM?
>O QUE VOCÊ QUER MATAR EM MIM?
>O QUE VOCÊ QUER MATAR EM MIM?
>
>MINHA ALMA LAMBUZADA DE VIDA?
>MEU DESEJO MAIS PROFUNDO?
>MINHA LÍNGUA NAS BOCAS QUE VOCÊ QUER?
>MEU PROFANO E MEU SAGRADO
>
>O QUE É BELO E NÃO REPRIME
>O QUE CUIDA E O QUE NÃO MATA
>O QUE EXISTE E NÃO DOMINA
>O QUE VOCÊ QUER MATAR EM MIM É VOCÊ.

CÍNTHIA

Aplaudam todas, todos, todes, que assim é que fala agora! Eu sou lá da década de oitenta, gente, não sei essas coisa moderna. *(Brenda vem chegando para se sentar nas mesinhas)* Brenda Lee! Vem cá, Sobe aqui no palco! Aplausos! Isso! Chega, tá bom.

BRENDA

Os padres falavam que na hora da morte a gente vê Jesus, luz no fim do túnel, minha mãe, minha avó, aí morro e dou de cara com você!

CÍNTHIA

Eu nunca fui flor que se cheirasse, se a gente tá no mesmo lugar, você devia ficar preocupada, bota seu xuxu de molho. Aliás, né mona... anos de eletrólise pra nada!

BRENDA

Cala a boca.

CÍNTHIA

Menina, nós duas no mesmo dia.

BRENDA

Filho da puta do motorista. E eu ainda transei com o desgraçado, dei alegria pra ele.

CÍNTHIA

A sua ainda foi de repente. Pá! Morreu! E eu que padeci anos com aquela doença horrorosa!

BRENDA

Mas ele teve o que mereceu. Eu avisei Isabelle, o cachorro foi preso na frente do meu caixão. Ah, não sou de deixar vagabundo me tombar, nem depois da morte.

CÍNTHIA

Sei como é... eu também deixei uma surpresinha por lá. Bom, minha família veio feito um bando de urubu quando soube que eu tinha morrido.

BRENDA

Você tava pobre, vieram atrás do quê?

CÍNTHIA

Do ateliê. Mas eu deixei pra outra pessoa.

BRENDA

Mas isso não pode!

CÍNTHIA

Porque você não conhece meu advogado, meu amor!

BRENDA

Você não tinha filho.

CÍNTHIA

Porque você não conhece meu advogado, meu amor!! Agora nós temos uma surpresa pra você. Deixaram você dar uma espiadinha nas suas meninas. Vamos sentar ali?

BRENDA LEE, ESTAMOS TODAS BEM.
A VIDA AINDA É DURA,
MAS ESTAMOS TODAS BEM.
BRENDA LEE, ESTAMOS TODAS BEM.
NÃO FICA PREOCUPADA,
ESTAMOS TODAS BEM.

ARIELA

LEMBRA, BRENDA, VOCÊ DISSE
QUE O DESTINO SORRIRIA PRA MIM.
NA FORMA DE UM
REMÉDIO ANTIRRETROVIRAL
FIZ A CIRURGIA, MEU DESEJO AFINAL

QUANDO EU ME ENCONTREI,
ENCONTREI A MINHA VOZ
A SOMA REVERBERA VOZ DE TODAS NÓS.
VOCÊ ME FALAVA: SOLTA A VOZ, ARIELA!
SEU PAI NÃO VAI CALAR UMA VOZ TÃO BELA

HOJE EM DIA SOU CANTORA, SOU ESTRELA
EU CANTO NO RÁDIO, NO PALCO E NA TELA
MAS NUNCA ESQUEÇO
QUEM PRIMEIRO ME FALOU
QUE UM DIA CHEGARIA
E O DESTINO SORRIRIA PRA MIM

BRENDA LEE, ESTAMOS TODAS BEM.
A VIDA AINDA É DURA,
MAS ESTAMOS TODAS BEM.
BRENDA LEE, ESTAMOS TODAS BEM.
NÃO FICA PREOCUPADA,
ESTAMOS TODAS BEM.

RAÍSSA

LEMBRA, BRENDA,
VOCÊ DISSE QUE O DESTINO SORRIRIA PRA MIM
A CÍNTHIA PARECIA POR FORA PEDRA FRIA
DEPOIS SAIU DE CENA E A SURPRESA POR FIM

CHEGOU O ADVOGADO,
FALOU, MOSTROU
ELA FEZ MEUS DOCUMENTOS
E DE QUEBRA ME ADOTOU
SENDO FILHA DELA,
VIREI A SUA HERDEIRA
ABRI O MEU SALÃO
NO ATELIER QUE ELA DEIXOU

TRABALHANDO NAS REVISTAS DE MODA
PODEROSA, TALENTOSA,
UM SUCESSO, EU SOU FODA
MAS NUNCA ESQUEÇO
QUEM PRIMEIRO ME FALOU
QUE UM DIA CHEGARIA
E O DESTINO SORRIRIA PRA MIM

BRENDA LEE, ESTAMOS TODAS BEM.
A VIDA AINDA É DURA,
MAS ESTAMOS TODAS BEM.
BRENDA LEE, ESTAMOS TODAS BEM.
NÃO FICA PREOCUPADA,
ESTAMOS TODAS BEM.

BLANCHE

LEMBRA, BRENDA, VOCÊ DISSE
QUE O DESTINO SORRIRIA PRA MIM.
DEPOIS QUE VOCÊ FOI, RESOLVI ME TRATAR
E NAS CASAS DE APOIO PASSEI A TRABALHAR

SEGUI O SEU EXEMPLO,
FUI SUA SUCESSORA
HONRANDO A MEMÓRIA
DA NOSSA PROTETORA
A CASA CONTINUA, VIROU FUNDAÇÃO
E TEVE TANTA AJUDA,
TODO MUNDO DEU A MÃO.

TÔ LIVRE, TÔ LIMPA E TENHO NOVIDADE
ADOTEI UMA MENINA,
SOU MÃE DE VERDADE
MAS NUNCA ESQUEÇO
QUEM PRIMEIRO ME FALOU
QUE UM DIA CHEGARIA E O DESTINO
SORRIRIA PRA MIM

BRENDA LEE, ESTAMOS TODAS BEM.
A VIDA AINDA É DURA,
MAS ESTAMOS TODAS BEM.
BRENDA LEE, ESTAMOS TODAS BEM.
NÃO FICA PREOCUPADA...

ISABELLE

Brenda Lee e o Palácio das Princesas. Tese de Doutorado em Assistência Social da Universidade de São Paulo da Professora Doutora Isabelle Labete de Moura. Este trabalho conta a história de Brenda Lee, fundadora da primeira casa de apoio a travestis com HIV/aids deste país, que acolheu em sua casa as sem abrigo, sem destino, sem direitos, sem família, as que ninguém mais queria. Agradecimentos: ao Dr. Paulo Roberto Teixeira, médico pioneiro que lutou para que os remédios para HIV fossem distribuídos gratuitamente no Brasil. Dedico este trabalho a todas as travestis que, por violência, descaso ou discriminação, perderam suas vidas neste país.

BRENDA LEE, ESTAMOS TODAS BEM.
A VIDA AINDA É DURA,
MAS ESTAMOS TODAS BEM.
BRENDA LEE, ESTAMOS TODAS BEM.
NÃO FICA PREOCUPADA,
ESTAMOS TODAS BEM.

FIM

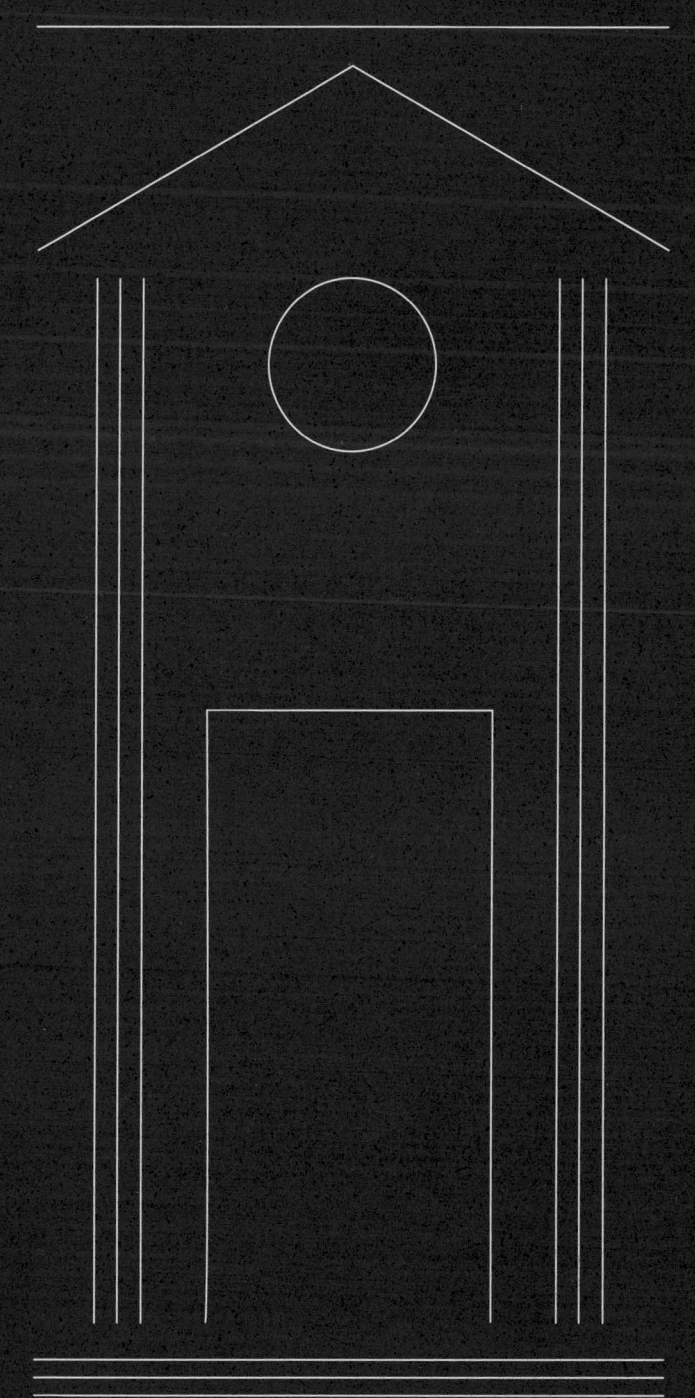

TRILOGIA PARA A VIDA

LEMBRO TODO DIA DE VOCÊ

BRENDA LEE E O PALÁCIO DAS PRINCESAS

CODINOME DANIEL

WWW.ERCOLANO.COM.BR

WWW.NUCLEOEXPERIMENTAL.COM.BR

Dados Internacionais de Catalogação na Publicação (CIP)
(Câmara Brasileira do Livro, SP, Brasil)

Maia, Fernanda
    Brenda Lee e o palácio das princesas /
    texto Fernanda Maia ; música Rafael Miranda. --
São Paulo : Ercolano, 2024.

    ISBN 978-65-85960-02-1
    1. LGBTQIAPN+ - Siglas
    2. Teatro brasileiro
    3. Teatro musical
    4. Travestis I. Miranda, Rafael. II. Título.

24-193932   CDD-792

Índices para catálogo sistemático:
1. Teatro 792
Eliane de Freitas Leite - Bibliotecária - CRB 8/8415

ERCOLANO

Editora Ercolano Ltda.
www.ercolano.com.br
Instagram: @ercolanoeditora
Facebook: @Ercolanoeditora

Este livro foi editado em
2024 na cidade de São Paulo
pela Editora Ercolano,
com as famílias tipográficas
Bradford LL e Wremena,
em papel Pólen Bold 70g/m²
na Gráfica Geográfica.